Zu diesem Buch

Hank Norton ist ein unverbesserlicher Frauenheld. Der stinkfaule Pharmavertreter lebt in Miami und hat seit sechs Wochen ein Verhältnis mit Jannaire. Scheinbar wirkt sich die Hitze Floridas fatal auf das seelische Gleichgewicht des Paares aus. Hank und Jannaire zeigen je nach Befindlichkeit leicht paranoide Züge. An einem Montagmorgen wird Hank aus einem Auto mit einer .45 oder einer .357 Magnum beschossen. Er schließt messerscharf, daß der Amokschütze der Ehemann sein muß, und stellt sich die berechtigte Frage, warum heutzutage gehörnte Ehemänner blindlings in der Gegend herumballern. Der Mann muß ein Psychopath sein.

Charles Willeford liefert als «ultra-cooler Kultautor» *(Stern)* eine tierpsychologische Erklärung für die Intensität dieser kruden Beziehungskiste. Hank lernt Jannaire auf der Geburtstagsparty seines Freundes Don kennen und ist ganz wild auf sie, weil sie so intensiv riecht: «Dann zog mir ihr Duft in die Nase, das volle berauschende Aroma, und es wirkte wie eine knallharte Rechte genau aufs Herz, eine satte Gerade mit der ganzen Wucht des Körpers dahinter. Ein Geruch, ein Duft, ist nahezu unbeschreiblich, außer vielleicht unter Zuhilfenahme anderer Düfte, also kurz und in einem Wort: Jannaire roch nach Frau.» Entsprechend **macho** fällt die Anmache aus. Doch mit der Beziehung handelt sich Hank täglichen Psychoterror ein. Sein Auto wird sabotiert, und beinahe sieht es so aus, als wolle man ihn auch noch in die Luft sprengen. Hinter allem, so scheint es, steckt der durchgeknallte Ehemann von Jannaire. So ergreift Hank die Initiative, bewaffnet sich und lauert dem psychopathischen Gatten auf, schließlich liebt er das Klima von Florida und möchte in Miami alt werden.

Charles Willeford

Miami Love

Mit einem Vorwort von
Janwillem van de Wetering

Deutsch von Jürgen Bürger

rororo

Rowohlt

rororo thriller

american crime scene

Herausgegeben von Bernd Jost

Deutsche Erstausgabe
Veröffentlicht im Rowohlt Taschenbuch Verlag GmbH,
Reinbek bei Hamburg, Oktober 1993

Die Originalausgabe erschien 1988 unter dem Titel «Kiss Your Ass Good-bye»
bei Dennis McMillan Publications, Missoula, Montana

Umschlagfoto Kinoarchiv Peter W. Engelmeier
Umschlagtypographie Peter Wippermann/Susanne Müller
Redaktion Peter M. Hetzel
Satz Sabon (Linotronic 500)
Gesamtherstellung Clausen & Bosse, Leck
Printed in Germany
890-ISBN 3 499 43107 6

Für John H. Davis

Foto: D. Clark

Charles Willeford im Jahr 1987, als «Miami Love»
(Kiss Your Ass Good-bye) entstand. Seine besten Romane werden in der Reihe rororo thriller erscheinen.

Charles Willeford

geboren 1919
in Arkansas
war Literaturkritiker beim «Miami Herald»
gestorben 1988
schrieb u. a. Miami Blues (1984), Auch die Toten dürfen hoffen (1985), Seitenhieb (1987), Bis uns der Tod verbindet (1988)

Hoke nahm sein Gebiß heraus, legte es auf eine Serviette und reichte es Susan. (Miami Blues)

Name: Hoke Mosely. Familienstand: geschieden, zwei Töchter (ein halbes Monatsgehalt Unterhalt). Beruf: Sergeant (später Lieutenant) bei der Polizei in Miami. Ein Bulle wie aus einem Krimi. Er lebt in einem schäbigen Zimmer in einem schäbigen Hotel und arbeitet sich langsam nach oben. Erst wird es ein Zimmer mehr, dann wird es sogar ein eigenes Häuschen, als seine Ex die Kinder zu ihm abschiebt, und seine Partnerin, Detective Ellita Sanchez, zieht vorübergehend zu ihm. Eine platonische Ehe, eher eine Fortsetzung der beruflichen Partnerschaft: Zwei können sich die Arbeit teilen. Und Arbeit gibt es genug dort unten in Miami. Charles Willeford hat schon immer geschrieben, der Erfolg aber kam erst mit der Hoke-Mosely-Serie, und leider hat er sie nicht fortsetzen können. Es sind Polizeiromane nach klassischem Muster, mit den immer gleichen Personen, auf deren Eigenheiten und Schwächen man bald genauso reagiert, als säßen sie leibhaftig neben einem. Willefords gelassenem Stil ist zu danken, daß die Figuren zu leben beginnen, die Polizisten ebenso wie die kleinen und die großen Gauner, wie die Leute, die ausrasten und eine Katastrophe um sich verbreiten, wie die ganz normalen Psychopathen, die wie selbstverständlich Arme brechen und Gesichter zerschießen: Wie anders soll man reagieren, wenn einer sein Geld nicht freiwillig herausrückt? Seltsamerweise sind auch solche Typen, bei allem Abscheu, den man pflichtgemäß empfindet, auf ihre Weise sympathisch. Sie sind genauso in gesellschaftliche Zwänge eingebunden wie der normale Kleinbürger mit seinen Ratenzahlungen, ihr Leben entwickelt sich zwangsläufig und nach festen Regeln, bis sie auf eine Polizeikugel treffen. Charles Willeford erklärt das zum Normalzustand im Amerika unserer Tage.
Rudi Kost

«In ausweglosen Labyrinthen»

Ein Vorwort

von Janwillem van de Wetering

Was Ihnen hier vorliegt, ist, gemessen an den konventionellen Dimensionen der Kriminalliteratur, etwas Besonderes und Ungewöhnliches. Dennoch wirkt der Roman, den Sie gleich lesen werden, wie ein normaler Bericht über den Alltag eines völlig normalen Burschen. Charles Willeford (1919–1988), der Meister der Kriminalliteratur, erschafft Beispiele für *La condition humaine*, indem er aufzeigt, was Unschuldigen, was wohlmeinenden Leuten wie Ihnen und mir zustoßen kann, ja tatsächlich jederzeit zustößt. Ohne unsere eigene Schuld bringt uns ein teilnahmsloses, völlig willkürliches Schicksal aufgrund totalen Mißverständnisses, Irrtums oder Nachlässigkeit in ernste Schwierigkeiten. Können wir uns jemals davor bewahren? Ja, vielleicht.

Willeford schreibt anders als die gegenwärtige *hard-boiled*-Schule, die ausweglose Vulgarität produziert. Gewiß beschreibt er ein Netz asozialer Räume, das sich in den *noir/maudit*-Rahmen des Genres einfügen könnte. Aber es gibt einen wesentlichen Unterschied. In einem unausgesprochenen, aber immer eindeutig implizierten Kommentar bringt Willeford Licht in eine Menge Dunkelheit.

Selbst in der Zuspitzung auf das denkbar schlechteste Szenario (und Willefords Situationen sind dies unweigerlich) bietet der Autor dem Leser noch einen Weg über den Schmerz hinaus. In der Überzeugung, daß es keinen höheren Zweck in ihrem Leben gibt, versuchen Willefords Charaktere sich einen eigenen

Lebenszweck zu erschaffen. Manche scheinen zufällig an tristen Alltagsroutinen festzukleben, andere durch die äußeren Umstände dazu verdammt, in ausweglosen Labyrinthen zu irren; einige könnten Psychopathen sein, aber alle sind entweder bereits amoralisch oder werden es. Allen exemplarischen Figuren Willefords ist auch eine aktive Neugier gemeinsam, die sie veranlaßt, morgens aufzustehen, wenn auch aus keinem besseren Grund, als eine Bierreklame zu bewundern, auf der verblichene Pferde einen zerfetzten Wagen ziehen – und sich darüber den Kopf zu zerbrechen.

MIAMI LOVE (mit dem zwar besseren, aber schwer zu übersetzenden Originaltitel *«Kiss Your Ass Good-bye»*) versetzt den Protagonisten in eine für ihn vermutlich bizarre, aussichtslose und schmerzhafte Lage. Ein Junggeselle hat seine Nische gefunden, was in Miami nicht einfach ist. Er führt sogar ein völlig unbescholtenes Leben, hat einen ehrlichen Job, belästigt niemanden, bemüht sich, seine Bedürfnisse an Nahrung, Alkohol und Nikotin in Grenzen zu halten. Für den Sex bedient er sich williger Stewardessen. In einer Stadt, in der auf jedem Geldschein Kokain liegt, wo der Ertrag des Drogenhandels den aller anderen Unternehmungen zusammengenommen übersteigt, bleibt unser Mann sauber. Unbewaffnet streift Willefords vorbildliche Figur durch *Sin City* (die Stadt mit den meisten Mordopfern in den USA). Besitzt eine nette Wohnung. Ein nettes Auto. Freunde. Keine Schulden. Keine Angehörigen.

Und was passiert? Eine ganze Menge passiert. Willeford – einsamer Wanderer entlang der US-Grenze zu Mexiko während seiner Kindheit (Weltwirtschaftskrise, die Eltern an Tuberkulose gestorben), hochdekorierter Panzerkommandant im Zweiten Weltkrieg («Ich habe meiner Crew immer wieder gesagt, die gottverdammten Gefangenen *nicht* zu erschießen»), Sammler wertvoller haitianischer naiver Kunst (verloren durch eine Scheidung), Literaturprofessor an der University of Miami (Magisterarbeit unter dem Titel *«New Kinds of Ugly»*, eine publizierte Studie über nihilistische Schriften) – fasziniert eine internationale und stetig wachsende Leserschaft mit skurrilen, gut recherchierten und realistisch präsentierten Plots, die ihren Ursprung meist in der Verbrechensberichterstattung einer Zeitung (des *Miami Herald*) haben.

Hoffnungsloser Horror? Nicht wirklich. Widerwille und Unbehagen? Nicht unbedingt. Willeford beschreibt äußerst kreativ ein faszinierendes, wenn auch sinnloses Chaos, lächelt freundlich, während sich seine Hauptfigur, mit dem Absurden befaßt, couragiert in Pose wirft und, beim Happy-End, lacht.

«Was mich nicht umbringt,
macht mich stärker.»
Nietzsche

1

Fast sechs Wochen war ich mit Jannaire rumgezogen, bevor ich dahinterkam, daß sie verheiratet war. Als ich am Sonntag abend gegen zehn Uhr aus dem Haus wollte, um mir einen Block weiter im *7/Eleven* die erste Montagsausgabe des *Miami Herald* zu kaufen, wußte ich, daß Mr. Wright, ihr Mann, mich umbringen wollte.

Das Apartmenthaus *Dade Towers*, in dem ich wohne, nimmt einen dreieckigen Block ein. Wenn man sich von der LeJeune dem Gebäude nähert, erinnert es an den Bug eines Schiffes. Kommt man vom College Drive, ähnelt es einem fünfstöckigen Bürohaus. Unter der puertoricanisch-blauen Markise des Haupteingangs am College Drive befinden sich neben der stets verschlossenen Tür eine Gegensprechanlage und ein Mieterverzeichnis. Will man ins Haus, wirft man einen Blick auf das Mieterverzeichnis und wählt die Nummer der Wohnung. Ist jemand zu Hause, dann drückt er auf einen Knopf, und ein elektronischer Summer öffnet die Haustür. Durch die Tür betritt man ein großes, gefliestes Patio-Foyer voll gläserner und schmiedeeiserner Möbel. Hinter dem Patio befindet sich ein Swimmingpool, der von einem breiten Grasstreifen und vier Königspalmen gesäumt wird. Die Erdgeschoßwohnungen dieses Innenhofs haben einen direkten Zugang zu Rasen und Pool.

Ein Fahrstuhl befindet sich im Flur links der Patio-Lobby, und überquert man den Innenhof am Pool vorbei zur anderen Seite des Gebäudes, ist dort ein weiterer Aufzug. Dieser zweite Fahrstuhl gehört zum Nebeneingang mit einem ebenfalls gefliesten und beleuchteten Foyer, durch dessen Glastür man auf die Santana Lane gelangt. Zwei Treppenstufen führen auf den Bürgersteig der Santana, wo der Hauseingang von einer Straßenlaterne beleuchtet wird. Auf den Stufen kleben grüne Anti-Rutsch-Streifen. Gegenüber auf der anderen Straßenseite liegt ein großer Parkplatz, der allerdings nur selten benutzt wird. Die meisten Bewohner suchen sich rund ums Haus Parklücken am Bordstein. Der durch städtische Bauvorschriften Miamis vorgeschriebene Parkplatz des *Dade Towers* an der Santana Lane wird fast ausschließlich von Besuchern oder den Bewohnern genutzt, die irgendwo ihren Camper abstellen müssen oder ein Boot auf einem Hänger besitzen – oder in einigen Fällen auch einen Zweitwagen.

Mein Apartment, 235, liegt unmittelbar über dem Foyer des Hintereingangs an der Santana. Ich parke fast immer an der Santana, und wenn der Bordstein voll ist, stelle ich den Wagen auf dem Parkplatz gegenüber ab. Nur selten parke ich auf dem College oder betrete das Haus durch den Haupteingang. Wer auch immer auf mich geschossen hat, wußte, daß ich aus dem Nebeneingang kommen würde, und sie – oder er – wußte auch genau, wann ich meine Wohnung verließ, wenn das Licht in meinem Apartment im ersten Stock ausging. Alle Bewohner des *Dade Towers* besitzen einen Hausschlüssel, der zum Vordereingang am College Drive, den Hintereingang an der Santana und den beiden Feuertüren paßt. Die Schlösser sind seit zwei Jahren nicht ausgewechselt worden, und in Miami gibt es eine Menge Leute, die Schlüssel besitzen, auch wenn sie eigentlich keinen haben dürfen: Wäschereifahrer, Zeitungsjungen, ehemalige Bewohner, Klimaanlagen-Firmen, Kammerjäger. Aber wer weiß schon, wie viele Bewohner ihren Geliebten, Männern oder Frauen, zusätzliche Schlüssel gegeben haben? Trotzdem ist das *Dade Towers* sicherer als die meisten Wohnhäuser in Miami, und die alleinstehenden Frauen, die hier wohnen, wissen die Sicherheit des Gebäudes zu schätzen. Das Haus ist, wie ich schon sagte, zwei Jahre alt, und bislang hat sich kein Raubüberfall ereignet.

Weil aber so viele Schlüssel im Umlauf sind, wollte ich zum 7/*Eleven*, um mir eine Zeitung zu kaufen. Ich wollte die Zeitungsseiten zusammenknüllen und in meinem Schlafzimmer verteilen. Falls es Mr. Wright irgendwie gelang, ins Haus zu kommen, und er es dann noch schaffte, in meine Wohnung einzudringen, während ich schlief, würde er die zusammengeknüllten Zeitungen im Schlafzimmer durch die Gegend treten. Dieses Geraschel würde mich dann wecken. Ich hatte mir noch nicht überlegt, was ich tun würde, wenn ich erst mal wach war, aber der Gedanke, im Schlaf überrascht und getötet zu werden, machte mir angst. Es war immerhin eine von vielen Möglichkeiten. Seit fünf Uhr nachmittags hatte ich ununterbrochen über Mr. Wrights Drohung nachgedacht, und um zehn Uhr abends war ich beunruhigt genug, um ihn ernst zu nehmen.

Der Schuß, abgefeuert aus einem fahrenden, dunkelblauen Wildcat, der vom Parkplatz gegenüber auf die Santana Lane brauste, als ich noch auf den Stufen des Hintereingangs stand, verfehlte meinen Kopf um einen guten Meter. Aber er war trotzdem nahe genug, um Putz aus der Wand zu fetzen, und ein paar dieser winzigen Splitter trafen meine linke Wange. Als er schoß, bog der Fahrer gerade rechts ab. Er lenkte mit der linken Hand und schoß mit der rechten durch die offene Scheibe der Fahrertür. Der Wildcat hatte vielleicht ein Tempo von fünfzig drauf und war ungefähr fünfundzwanzig Meter entfernt, als der Schuß fiel. In dieser stillen Seitenstraße verursachte die Pistole einen Höllenlärm, und aus dem enormen Knall schloß ich, daß es entweder eine .45er oder .357er Magnum sein mußte. Um unter diesen Umständen und mit einer so großkalibrigen Waffe präzise zu schießen, hätte der Kerl schon ein ausgezeichneter Schütze sein müssen, und der Fehltreffer um einen vollen Meter – für den ich dankbar war – war für einen reinen Warnschuß einfach zu nah. Wer immer das war, und wenn schon nicht Mr. Wright selbst, so war es doch ein Mann (oder sogar eine Frau), den er engagiert hatte: Er hatte es ganz klar auf mein Leben abgesehen.

Einen Sekundenbruchteil nach dem Schuß, allerdings viel zu spät, weil der Wagen inzwischen die LeJeune erreicht hatte, warf ich mich auf den Bürgersteig, robbte in den Rinnstein und versuchte, meine zweihundert Pfund unter einen braunen Datsun zu zwängen. Das linke Bein und den linken Arm bekam ich unter den Wagen, aber mehr war nicht drin. Wie ich so dort lag und mich vergeblich abmühte, auch noch den Rest von mir unter das Auto zu schieben, spürte ich mein Herz hämmern, und in meinem trokkenen Mund schienen ungewaschene Pennies zu stecken. Ich bin zweiunddreißig und schon in einige Kneipenschlägereien und andere Situationen geraten, in denen das Gefahrenpotential unglaublich hoch war, aber das hier war das erste Mal, daß ich wirklich und wahrhaftig Angst um mein Leben fühlte. Während dieser Gedanke so langsam einsickerte, wurde mir klar, daß ich mich in einer äußerst verwundbaren Position befand. Wenn der Schütze einmal um den Block fuhr und zurückkam, lag ich hier für den zweiten Schuß wie auf einem Präsentierteller. Er konnte anhalten, sauber nach unten zielen, sich alle Zeit dieser Welt nehmen und ... Ich rappelte mich auf und lief gebückt, so wie ich's im Sommerlager des Reservistentrainings gelernt hatte, zurück zur Haustür, fummelte kurz mit meinen Schlüsseln herum und stürmte die Treppe zu meiner Wohnung hinauf.

Drinnen legte ich die Sicherheitskette vor, schenkte mir einen doppelten *St. James* Scotch ein und warf einen Eiswürfel ins Glas. Der Drink auf die Schnelle, den ich in zwei medizinischen Schlukken kippte, wirkte so gut, daß ich gleich noch einen wollte, aber darauf verzichtete. Ich brauchte einen klaren, keinen benebelten Kopf, um alles zu durchdenken und mir darüber klarzuwerden, was ich als nächstes tun mußte. Mr. Wright war verrückt, ein Psychopath. Mußte es sein. Kein Mensch erschießt heutzutage noch einen Mann, nur weil er glaubt, der hätte seine Frau gebumst. Ich hatte Jannaire nicht angerührt. Ich hatte es natürlich gewollt, aber das war nicht dasselbe, und außerdem hatte ich ja auch nicht gewußt, daß sie verheiratet war. Hätte ich es gewußt, wäre ich auch dementsprechend vorgegangen. Sie war mit Abstand die begehrenswerteste Frau, der ich je begegnet war, und weil ich so scharf auf sie war, hatte ich anscheinend die verräterischen Hinweise auf ihre Ehe übersehen. Vom ersten Augenblick hatte sie mich zum Narren gehalten, und das ohne erkennbaren Grund.

Die ganze Sache war völlig sinnlos und unlogisch, angefangen mit dem elektronischen Partner-Service *Electro-Date*.

2

Larry «Fuzz» Dolman, der im *Dade Towers* ebenfalls ein Apartment bewohnt (319), ist ein Freund von mir, und mein Freund – auch wenn er nicht gerade das ist, was man einen guten Kumpel nennt – ist er nur geworden, weil wir zufälligerweise im gleichen Haus wohnten. Wir haben uns angefreundet, weil wir zufällig die gleichen Einrichtungen des Hauses genutzt haben. Wir waren zusammen im Pool und haben im Freizeitraum gepokert. Wir sind vor zwei Jahren unmittelbar nach Fertigstellung des *Dade Towers* eingezogen, und während dieser langen Zeit (in einer Stadt der Durchreisenden wie Miami gilt ein fester Wohnsitz von zwei Jahren als sehr lange Zeit) hatten wir genug gemeinsam erlebt – zusammen mit Don Luchessi und Eddie Miller –, um mehr als einfach nur Bekannte zu sein.

Eddie und ich waren *enge* Freunde, auch als Eddie zu einer reichen Witwe nach Miami Springs zog. Wir waren immer noch gute Freunde, telefonierten zwei- oder dreimal wöchentlich, aber von South Miami nach Miami Springs ist es weit, und wir treffen uns nur noch selten, um etwas zu unternehmen.

Don Luchessi war, nachdem er seine Frau verlassen hatte und auch ein Jahr in diesem Haus wohnte, schließlich wieder zu ihr zurückgezogen. Don haßte seine Frau noch immer, oder behauptete es wenigstens, aber sie und der Priester und ihr Vater und ihre Mutter und ihr Bruder hatten ihn bearbeitet, und am Ende beging er das Opfer und söhnte sich mit ihr aus. Er hatte eine achtjährige Tochter, die er abgöttisch liebte, ein verzogenes, fettes kleines Mädchen namens Marie, und nur wegen seiner

Tochter ist er zu seiner Frau zurückgekehrt – nicht etwa, weil er wieder mit ihr zusammenleben wollte. Kein normaler Mensch konnte mit Clara Luchessi zusammenleben. Clara hörte nie auf zu reden, und sie redete ausschließlich über ihr Haus und all die Dinge, die sich darin befanden. Sie verließ das Haus niemals. Nie begleitete sie Don, wenn er Larry und mich besuchte, und wenn wir zu ihm fuhren, mußten wir uns immer anhören, wie Clara über Motten, ihre Gardinen, ein neues Verfahren der Teppichreinigung und andere häusliche Idiotien redete.

Und die kleine fette Marie war auch da, nie weiter als fünfzehn Zentimeter von Don entfernt. Wenn er hinter der Bar stand und Drinks mixte, war sie dort und «half» ihm. Wenn er sich setzte, dann setzte sie sich auf seinen Schoß. In seinem Florida-Zimmer stand ein Billardtisch, doch sie ruinierte jedes Spiel. Sie wollte immer mitspielen, und Don ließ sie gewähren. Wenn sie einen Stoß verpfuschte, heulte sie sofort, und er mußte sie trösten. Wenn sie traf, jubelte sie lauthals. Außerdem mogelte sie, und Don ließ es ihr durchgehen.

Die erfreuliche Abwechslung, Don und seinen beheizten Swimmingpool, seinen Turnier-Billardtisch und seine stets gut gefüllte Bar zu besuchen, wurde durch seine Frau und seine Tochter zunichte gemacht.

Clara war eine ausgezeichnete Köchin, eine der besten Köchinnen der Welt. Aber sie selbst vermieste ihre wunderbarsten Abendessen, weil sie unbedingt haarklein erklären mußte, wie jedes einzelne Gericht zubereitet wurde und wo man die Zutaten kaufen konnte. Niemand brachte ein Wort heraus oder konnte sie dazu bringen, das Thema zu wechseln. Während Claras geistlosem, mit schriller Fistelstimme und in atemberaubendem Tempo vorgetragenem Monolog schnitt Marie unentwegt Fratzen, stand von Zeit zu Zeit vom Tisch auf, um schreckliche Kinderschallplatten aufzulegen, und schlang ihr Essen gierig runter, damit sie so schnell wie möglich für den Rest der Mahlzeit auf Dons Schoß sitzen konnte.

Es spricht eine Menge für die altmodische Vorstellung, daß

die Frauen die Männer zuerst bedienen und dann ihre eigenen Mahlzeiten an einem Tisch in der Küche einnehmen sollten.

Ein ganzes Jahr lang hatten wir vier eine Menge Spaß, aber nachdem Eddie und Don ausgezogen waren, hingen Larry und ich mehr zusammen, als es sonst der Fall gewesen wäre. Wir gingen lieber zusammen ins Kino als allein, lieber zusammen zum Essen als allein. Manchmal gingen wir auch für ein Bier und eine Partie Pool-Billard ins *White Shark* in der Flagler Street. Wir spielten beide gern Billard, und als Team waren wir für unsere Gegner absolut unschlagbar. Wir gewannen fast immer. Ansonsten hatten wir allerdings nur wenig gemeinsam. Und es kam immer häufiger vor, daß ich lieber allein ins Kino oder zum Essen ausging.

Larry war ein sehr prosaischer Mensch. Ich kannte ihn inzwischen gut genug, um zu wissen, daß er eine Menge Sachen wörtlich nehmen würde und auch nahm, aber es war typisch, daß man sich nie wirklich daran gewöhnte. Zum Beispiel konnte seine Meinung zu einem Film einen in den Wahnsinn treiben. Er war unfähig, eine abstrakte Idee zu begreifen. Als wir über den *Letzten Tango* diskutierten, behauptete er tatsächlich, daß Brandos Frau für ihren Mann und ihren Geliebten nur dieselben Bademäntel kaufte, weil sie die Dinger im Ausverkauf ergattert hätte. Durch diese absurde und pragmatische Interpretation der Bademäntel war Larry in seiner Argumentationsweise beinahe weiblich, doch er hatte absolut nichts Weibisches an sich. Er war ein knallharter Bursche, oder wie die Kubaner in Miami sagen, *un hombre duro* – ein harter Mann.

Als ehemaliger Cop hatte Larry einen ausgezeichneten Job bei *National Security*, der bekannten, landesweit operierenden Privatdetektei. Er war leitender Sicherheitsexperte und arbeitete nicht als Ermittler vor Ort, obwohl er natürlich eine Lizenz besaß. Als Verwaltungsmensch saß er die ganze Woche im Büro der Miami-Filiale. Nie zog er mit einem Ermittlungsauftrag selbst los. Er besitzt ein Bakkalaureat in Polizeiwissenschaften der University of Florida, und sein prosaischer Verstand war anscheinend kein Nachteil, soweit es seine Arbeit betraf. Er durfte nicht sagen, was genau er bei der *National Security* machte, aber seine Arbeit hatte irgendwas mit Personaleinteilung zu tun, um den Überblick über die Fälle und die Ermittler im Feldeinsatz zu behalten. Er verdiente ungefähr zwanzigtausend im Jahr, wenn nicht sogar noch mehr.

Ein Teil von Larrys Persönlichkeitsproblem – obwohl Larry sich keines Problemes bewußt war – lag in seiner absoluten Unfähigkeit, etwas zu schmecken. Irgendwas stimmte nicht mit Larrys Geschmacksknospen. Er konnte Süß und Sauer nicht unterscheiden. Ihm erschien alles irgendwie gleich. An einem Abend waren wir bei Don, als Larry zweimal in eine Wachs-Birne biß, die er sich ohne Claras Erlaubnis aus einer Schale auf dem Sideboard genommen hatte. Entscheidend war, daß er sich erst nach dem *zweiten* Biß mit den Worten beschwerte: «Dies ist die mit Abstand gottverdammt schlechteste Birne, die ich je gegessen habe.»

Die Frucht sah sehr echt aus, und im nur schummrig beleuchteten Eßzimmer hätte jeder den gleichen Fehler machen können, aber kein Mensch, der auch nur einen Funken Geschmack besitzt, hätte diesen zweiten Bissen probiert. Höchstwahrscheinlich hätte Larry munter weitergemampft und die ganze Birne gegessen, wenn Don und ich nicht laut losgelacht hätten. Clara lachte – natürlich – nicht. Die Wachsfrucht war ziemlich teuer; sie hatte sie bei *Neiman-Marcus* in Bal Harbor gekauft. An einem anderen Abend aß er eine bunte Seifenkugel in Dons Bad. Dort stand ein ganzes Glas voll mit diesen pastellfarbenen Seifenkugeln, und er glaubte, er würde Süßigkeiten essen. Er dachte keine Sekunde daran, daß es schon etwas merkwürdig wäre, ein Glas mit Süßigkeiten auf einem Regal neben der Badewanne aufzubewahren.

Wie auch immer, Larrys Geschmacklosigkeit erstreckte sich auch auf andere Dinge: Auf die Kleider, die er trug, seine Sprache und sogar auf Frauen. Mit seinem Geruchsorgan allerdings war alles in Ordnung. Er hatte einen ausgeprägten Sinn für Düfte, was ungewöhnlich ist, wenn die Geschmacksknospen gründlich verkorkst sind. Es war ausgesprochen rätselhaft, warum er die Seife aß, und dachte, es sei eine Süßigkeit, wo er doch Seife riechen und den Geruch auch eindeutig identifizieren konnte. Darauf hatte er in diesem Fall nur die Antwort: «Es hat gut genug gerochen, um's essen zu können, also dachte ich, es wäre was Süßes gewesen.»

Wenn wir zusammen zum Lunch oder zum Dinner gingen, dann bestellte er sich immer ein *Club Sandwich*. Ein *Club Sandwich* kann man natürlich problemlos essen, und es besitzt sämtliche lebensnotwendigen Inhaltsstoffe: Truthahn, Schinken, Käse, Speck (manchmal), Salat, Tomaten, Mayonnaise, drei Scheiben Toast und meistens als Beilage noch Pickles und Kartoffelchips. Auf jeden Fall war das der Grund, den Larry nannte, immer nur ein *Club Sandwich* zu bestellen.

Ich saß mit einem Bier in der Hand am Swimmingpool, als Larry gegen halb sechs abends zu mir kam. Er erzählte mir, daß er einen Coupon und einen Scheck über zehn Dollar an *Electro-Date* eingeschickt hätte.

«Wozu?» fragte ich. «In Miami kommen auf jeden alleinstehenden Mann ungefähr sieben alleinstehende Frauen. Es ist einfach lächerlich, zehn Bucks für ein elektronisches Date auszugeben. Du brauchst doch nichts anderes tun, als...»

«Ich weiß», unterbrach er mich. «Ich habe ein Buch mit Namen und Telefonnummern, und wenn ich mich an die Strippe hängen würde, könnte ich dafür sorgen, daß eine Frau in ungefähr zehn Minuten an unserem Tisch sitzt. Aber darum geht's gar nicht.»

Wie er da saß, mit einem zuerst versteckten, dann breiter werdenden Grinsen auf dem Gesicht, tat Larrys Aufzug mir in den Augen weh. Sein durchgeschwitztes Seidenhemd war gelb, und die spanische Lederkrawatte hatte die Farbe von getrocknetem Blut. Seine strukturierte Leinenjacke leuchtete orange, und seine Haare – à la *Golden Bear* – bekamen durch die tiefstehende Sonne einen Heiligenschein. Er zog die Jacke aus und hängte sie über einen Metallstuhl.

«Also gut, Hank», sagte er, «laß uns einen Blick auf das Beweisstück werfen. Wenn ich telefoniere und eine einfache Verabredung treffe – Abendessen, Kino und dann zurück in meine Wohnung auf ein paar Drinks und eine Nummer – wieviel würde mich das kosten?»

Ich zuckte mit den Achseln. «Ungefähr fünfzig Mäuse. Kommt drauf an, wo ihr essen geht, und wie viele Aperitifs und Digestifs ihr trinkt.»

«Nicht unbedingt. Wenn du jeden Monat nach Palm Beach fährst und auf eine Coke und einen Hamburger haltmachst, wieviel setzt du dann auf deine Spesenrechnung?»

«So ungefähr sieben oder acht Bucks.»

«Richtig. Und dabei hast du wenigstens dreifünfzig Profit gemacht.»

«So ungefähr, aber bei meinem Spesenkonto habe ich Anspruch auf ein Sechs-Dollar-Mittagessen. Wenn ich mit einem Krankenhauschef essen gehe, komme ich auch mit einer Zwanzig-Dollar-Rechnung durch, inklusive Getränke sogar noch mehr.»

«Genau. Also, wenn ich vierzig Mäuse für eine einfache Verabredung hinblättere, und vierzig Bucks sind heutzutage in Miami das Allermindeste, und ich könnte die Verabredung auf mein Spesenkonto setzen, würdest du dann nicht auch sagen, daß ich mit einer Gesamtrechnung über fünfzig oder sechzig Mäuse durchkomme?»

«Klar. Aber eine persönliche Verabredung, auch wenn sie über einen elektronischen Service läuft, wirst du kaum an eurem Buchprüfer vorbeimogeln können.»

«Da hast du recht, Hank. Genaugenommen ist es sogar unmöglich. Aber anders sieht's bei dem Finanzamt aus. Ich kann die Kosten der Verabredung von meiner Einkommensteuer absetzen.»

Er zog seine Brieftasche heraus, schlug sie auf und zeigte mir die Fotokopie seiner Lizenz als Privatdetektiv.

«Die Idee ist mir heute morgen gekommen, als ich die Anzeige im *Herald* gelesen habe. Statt das Risiko einzugehen, in einer Bar oder auf einer Party eine Braut abzuschleppen, die sich dann womöglich als absolute Ätznummer rausstellt oder als berufsmäßige Jungfrau, oder nur einen Mann zum Heiraten sucht, kann ich mir eine Verabredung vom Computer machen lassen, die in den meisten Punkten meine Wünsche an eine Frau automatisch erfüllt. Als ich den Gutschein und den Scheck abschickte, habe ich im Büro gleichzeitig eine neue Akte angelegt. Weißt du, ich versuche ganz einfach, die Möglichkeit abzuklopfen, ob *National Security* diese Frauen, die sich über *Electro-Date* melden, nicht als Teilzeit-Detektive für Sonderaufträge einsetzen könnte. Nach jeder Verabredung werde ich ein fotokopiertes Formular, das ich selbst entworfen habe, über das jeweilige Mädchen ausfüllen und in dieser neuen Akte ablegen. Anschließend kann ich die Spesen für die Verabredung, die ich natürlich ein bißchen nach oben frisiere, von meiner Einkommensteuer absetzen.»

«Hat dein Boss sein Okay gegeben?»

«Der Colonel? Verdammt, nein! Der würde zu einer so vernünftigen Sache niemals sein Okay geben. Das ist allein meine Idee, und ich werde meine eigene Kohle ausgeben. Der springende Punkt ist aber, wenn das Finanzamt mich unter die Lupe nehmen will, dann kann ich ihnen jederzeit die Akte mit den Infos über die Mädchen präsentieren. Ich *bin* Privatdetektiv, und zu meinen Aufgaben bei der *National* gehört eben auch die Überprüfung potentieller neuer Mitarbeiter. Offiziell mache ich das alles natürlich nur aus persönlichem Unternehmungsgeist heraus. Ich zeige Initiative, und falls der Colonel je dahinterkommen sollte, wird er mir beim Finanzamt den Rücken stärken müssen, weil er ein großer Befürworter von persönlicher Initiative ist. Außerdem kostet es die *National* keinen Cent.»

«Und was steckt wirklich dahinter?»

«Verträglichkeit. Wie ich schon sagte, Mädchen, die sich bei *Electro-Date* melden, müssen fünfzig Bucks für fünf Verabredungen hinblättern. Der männliche Kunde bezahlt nur zehn Mäuse für seine fünf Dates. Soviel zur Emanzipation. Jedenfalls wird das Mädchen mir gegenüber von Anfang an eine positive Einstellung haben, weil sie ja in ihrem Fragebogen genau angegeben hat, mit welchem Mann sie ausgehen möchte oder *glaubt*, ausgehen zu wollen, was ja aufs gleiche rausläuft. Und für unser erstes Treffen brauchen wir weder einen ausgefallenen Rahmen, noch muß ich viel investieren. Wir werden einfach reden wollen, um uns gegenseitig zu beschnuppern, um herauszufinden, was wir mögen und was nicht. Kein Kino, nicht die sonst bei einer ersten Verabredung übliche Miami Beach-Scheiße, kein großes Theater und keine Champagner-Cocktails. Nein. Einfach nur ich. Der anständige Larry ‹Fuzz› Dolman und das offene Also-ich-seh-das-so-und-was-meinst-du-dazu-Gequatsche. Ein Hamburger, zwei Tassen Kaffee, sagen wir, in einem *Howard Johnson's*, und ich kann für eine sogenannte Ermittlung fünfzig Bucks von der Steuer absetzen. Wenn mir die Frau gefällt, und wenn ich ihr gefalle, habe ich sie bei der zweiten Verabredung im Bett.

Na, wie findest du das?»

«Ich weiß nicht, Fuzz. Auf eine Art klingt's fast schon brillant. Aber irgendwie hab ich das Gefühl, daß Frauen, die sich zwecks Partnersuche in einem Computer speichern lassen, entweder aussehen wie Hund oder aber verzweifelt einen Ehemann suchen.»

«Früher war das sicher so. Die älteren Partnervermittlungen waren zum größten Teil Eheanbahnungsinstitute, aber das gilt heute nicht mehr. Die Frauen haben sich geändert...»

«Wenn's darum geht, eine Ehe zu wollen, werden sich Frauen nie ändern.»

«Das Formular verhindert solche Probleme. Ich muß nur reinschreiben, daß ich eine Frau kennenlernen möchte, die nicht geheiratet werden will. Also eine Karrierefrau oder so. Jedenfalls, ich möchte, daß du mir hilfst, wenn ich den Fragebogen habe. Du bist doch der Mann mit einem Abschluß in Psychologie, und auf diesen Formularen sind bestimmt Fangfragen versteckt.»

«Warum nicht?» sagte ich. «Wir werden bestimmt eine

Menge Spaß dabei haben, und bei einer Investition von zehn Dollar kannst du ja eigentlich auch nicht viel falsch machen. Falls du allerdings jemals vom Finanzamt vorgeladen wirst, zähl nicht darauf, daß ich dich bei diesem Gang auch noch begleite.»

Allerdings konnte man bei einer Zehn-Dollar-Investition durchaus einiges falsch machen, wie Larry bei seiner ersten Verabredung feststellen mußte.

3

Als der Fragebogen schließlich kam, war er anders, als wir erwartet hatten. Larry hatte gedacht, und diesen Eindruck hatte man ihm auch vermittelt, daß es sich bei dem Formular um eine Reihe von Multiple-choice-Fragen handelte, bei denen es um Charaktereigenschaften und Persönlichkeitsmerkmale ging, die er von seiner Idealfrau erwartete – wie bei den Tests, die hin und wieder in Frauenzeitschriften gebracht werden, wo man ankreuzen muß, welche Eigenschaften man bei einem «Partner» am wenigsten und welche am meisten schätzt. In der *Cosmopolitan* findet man solche Tests dauernd, und jeder, der einigermaßen fundierte Grundkenntnisse der Psychologie besitzt – und die habe ich allerdings –, kann bei jedem dieser Tests locker auf hundert Punkte kommen.

Nach meinen zwei Jahren als Psychologe im Rekrutierungsbüro der U. S. Army in Pittsburgh war ich jedenfalls besonders prädestiniert für diese Tests. Damals war es meine Aufgabe gewesen, für den Militärdienst Untaugliche auszusondern, mit Homosexuellen – echten und falschen – zu sprechen und zu entscheiden, ob Grenzfälle von Bettnässern noch akzeptiert oder nach Hause geschickt werden sollten. Die für Tests zuständige Abteilung stand ebenfalls unter meiner Aufsicht, obwohl ein Master Sergeant den Laden für mich schmiß. Ich war klug genug, ihn ungestört und selbständig arbeiten zu lassen, was zur Folge hatte, daß ich eine Menge von ihm lernte.

Bei der einzigen Meinungsverschiedenheit, die wir je hatten, ging es um meine Einstellung solchen Wehrpflichtigen gegenüber, die mich sprechen wollten, weil sie homosexuell waren oder behaupteten, es zu sein. Manchmal, meistens, waren sie es nicht, und es war leicht genug zu erkennen, wann sie logen.

Wenn man einen unschuldigen Achtzehnjährigen fragt: «Was macht ihr zusammen, du und ein anderer Mann?» und er darauf keine Antwort geben kann, weil er einfach keine Ahnung hat, was zwei Männer miteinander machen, dann liegt es auf der Hand, daß der Wehrpflichtige lügt, um seiner Einberufung zu entgehen. Aber ich lehnte ihn so oder so ab, sehr zum Ärger meines für die Tests verantwortlichen Unteroffiziers. Ein Mann würde keinen besonders guten Soldaten abgeben, wenn er eine solche Angst vor der Army hatte, daß er sogar behauptete, homosexuell zu sein, selbst wenn er es gar nicht war. Die First Sergeants, die irgendwann einen Soldaten aus ihm machen mußten, hatten ohnehin genug Probleme.

Doch der Fragebogen, den Larry dann von *Electro-Date* bekam, enthielt überhaupt keine Fragen bezüglich seiner Vorlieben bei Frauen. Es ging ausschließlich und allein um ihn – sein Alter, seine Religion, seine Hobbys und so weiter. Diese Informationen würden dann auf eine Lochkarte übertragen und durch den Computer gejagt, und am Ende würden die Karten, die von Frauen ausgefüllt worden waren – und deren Informationen den seinen ähnelten –, wieder ausgespuckt. Eine dieser Karten würde dann zugewiesen, und jemand im Büro von *Electro-Date* verabredete telefonisch mit den beiden einen Termin.

«Was du hier tun mußt, Larry», sagte ich, «ist lügen.»

«Warum?»

«Weil die Frauen, die ihre Fragebogen ausfüllen, auch lügen werden, deswegen. Zum Beispiel die Altersobergrenze einer Frau, mit der du dich verabreden würdest?»

«Dreißig, schätze ich. Macht mir nichts aus, mich mit einer Frau in meinem Alter zu treffen.»

«Da hast du's schon», sagte ich. «Wenn eine Frau fünfunddreißig ist, wird sie ihr Alter auf dreißig runtermogeln, falls sie glaubt, damit durchzukommen. Also solltest du besser angeben, daß du selbst achtundzwanzig und nicht dreißig bist. Könnte trotzdem noch sein, daß du eine ältere Frau bekommst, aber so hast du wenigstens etwas Spielraum.

Welche Konfession hast du?»

«Eigentlich keine, aber früher bin ich ab und zu in die Unitarian Church in Gainesville gegangen.»

«Das kannst du nicht angeben. Das ist so ziemlich das letzte, was du willst – ein Date mit einer Unitarierin. Die sind komisch, Mann.»

«Ich weiß. Die waren auch in Gainesville schon komisch, aber Hemmungen hatten sie auch nicht.»

«Schreib Church of England.»

«Du meinst, episkopal?»

«Nein. Church of England. So können sie dich Episkopalen *und* abtrünnigen Katholiken zuordnen. Falls du zufälligerweise eine echte Gläubige der Church of England abbekommst, gibt's bei denen jedenfalls keine großen Probleme mit der Moral. Episkopale sind immer Opportunisten, und abtrünnige Katholiken haben einen Schuldkomplex, den sie ständig zu leugnen versuchen. Ein Mädchen, das Sex für schmutzig hält und deswegen ein schlechtes Gewissen hat, kann verdammt gut im Bett sein. Würdest du es mit diesem Fragebogen ernst meinen, hätte ich dir geraten, römisch-katholisch anzugeben, weil du dann wahrscheinlich eine Menge heiratsfähige kubanische Mädchen bekommen würdest. Aber die suchen alle nur einen Mann fürs Leben.»

«Wie alt sind diese kubanischen Mädchen?»

«Sieh doch in die Zeitungen. Normalerweise sind kubanische Mädchen mit sechzehn verheiratet. Wenn sie neunzehn und immer noch alleinstehend sind, dann sind sie *verzweifelt*, Larry.»

«Dann laß uns das mit der Church of England ändern und doch lieber römisch-katholisch schreiben.»

«Wieso?»

«Ein verzweifeltes Mädchen ist zu allem bereit.»

«Du wirst mit Angeboten überschwemmt, Larry. Abgesehen von Priestern bist du wahrscheinlich der einzige alleinstehende, dreißigjährige ‹Katholik› in Miami, der noch frei und unverheiratet ist.»

«Das gefällt mir. Was ist mit dem Beruf?»

Damit hatten wir einigen Spaß, entschieden uns schließlich aber für «Ernährungswissenschaftler». Wir vermuteten, daß er so wahrscheinlich ein paar Krankenschwestern abbekommen würde oder doch wenigstens ein gesundes Mädchen, das auf biodynamische Lebensmittel abfuhr. Wir setzten noch einen Titel dazu, machten ihn zum M. A. und verpaßten ihm gleich ein paar interessante Hobbys: Modellbau von Flugzeugen aus dem Ersten Weltkrieg, Sammeln alter Flaschen auf den Keys und Suche nach vergrabenen Schätzen.

Drei Tage später kam Larry auf dem Weg zu seiner ersten Verabredung auf einen Drink bei mir vorbei. Wir sind ungefähr gleich groß, aber er bringt zwanzig Pfund mehr auf die Waage als ich. In seinem neuen, weißen Seidenanzug, dem roten Seidenhemd und der weißen Krawatte, roten Socken und weißen Kroko-Ballys sah er wie ein freundlicher Riese aus.

«Wie gefällt dir der Anzug?» fragte er. «Jacke und Hose zusammen für hundert Mäuse. Wenn das Spesenkonto nicht wäre, hätte ich mir so einen Anzug nicht leisten können.»

«Du willst das Finanzamt wirklich fertigmachen, was?» sagte ich.

«Überhaupt nicht. Der neue Anzug fällt unter den Freibetrag für Berufskleidung, und ein Mann muß sich ja schließlich für seinen Job anständig anziehen. Wenn ich mich schon mit diesen Frauen verabreden muß, in Ausübung meiner Ermittlungen, dann muß ich auch dafür sorgen, daß ich eine attraktive Erscheinung abgebe. Richtig?»

«Wie heißt das Mädchen?»

Er warf einen Blick auf einen Zettel und grinste. «Shirley Weinstein.»

Ich lachte spöttisch. «Klingt nach einem netten katholischen Mädchen.»

«Ist mir scheißegal», meinte er. «Vielleicht ist sie ja wirklich Katholikin. Eine Menge Leute glauben, ich hätte einen jüdischen Namen. Dolman klingt jüdisch, wenn man's nicht besser weiß. Allerdings würde kein Mensch diesen Fehler bei meinem alten Herrn machen, ganz besonders nicht am St. Patrick's Day, an dem er früher immer mit einer orangefarbenen Krawatte durch die Stadt gezogen ist und Ärger gesucht hat.»

«Wo wohnt sie?»

«Miami Beach. Wo sonst? Im *Cresciente* auf der Belle Isle.»

Ich pfiff leise. «Diese Eigentumswohnungen fangen bei hunderttausend an, und das ist dann nur ein Zimmer und anderthalb Bäder. Ich habe die Anzeigen gesehen.»

«Wie kommt man am besten dahin?»

«Ich glaube, über den Venetian Causeway geht's am schnellsten. Noch ein Gläschen?»

«Lieber nicht. Was machst du heute abend?»

«Ich dachte, ich rufe Eddie mal an. Vielleicht können wir uns zum Poolen im *White Shark* treffen. Wenn er nicht kann, seh ich mir wahrscheinlich einen Film an. Melde dich mal, wenn du zurückkommst. Ich würde gern wissen, wie's gelaufen ist.»

Ich rief Eddie an, aber er mußte um elf nach Chicago fliegen und konnte nichts trinken. Er sagte, er würde mich sofort anrufen, wenn er wieder zurück war. Das war sein letzter Flug für diesen Monat, und dann hatte er mindestens drei Tage frei.

Als ich den Hörer aufgelegt hatte, merkte ich, daß ich Larry beneidete. Es war so eine merkwürdige und förmliche Art, eine Frau kennenzulernen, daß es einfach interessant sein mußte. Ich beneidete ihn nicht um das Mädchen – Shirley Weinstein –, ich konnte mir schon ziemlich gut vorstellen, wie sie sein würde, sondern vielmehr war die Förmlichkeit der Vorstellung attraktiv.

Frauen waren für mich kein Problem. Ich konnte zwei Mädchen anrufen, die ich in Hialeah kannte, und wenn sie zu Hause waren, konnte ich rüberfahren und eine Dreier-Orgie veranstalten. In meinem Adreßbuch standen ein Dutzend oder mehr Namen, und die Hälfte dieser Mädchen würde jede Verabredung sausen lassen, um mit mir auszugehen, falls ich anrief. Wenn ich etwas Neues haben wollte, konnte ich auch einfach rumziehen und innerhalb von einer Stunde oder so eine neue Braut abschleppen.

Aber in letzter Zeit hatte ich das Gefühl, daß alle Frauen, die ich bumste, irgendwie gleich waren, so als wären sie mit Förmchen aus demselben Kuchenteig ausgestochen. Die Stewardessen *waren* alle gleich und praktisch austauschbar. Ihre Wohnungen sahen aus, als wären sie von ein und demselben Innenarchitekten eingerichtet. Der durchsichtige, aufblasbare Plastiksessel, das Budweiserflaschen-Kissen, das Mark Spitz-Poster aus dem *Rolling Stone* (das, auf dem Spitz seine Badehose lüpft, um sein Schamhaar zu zeigen), die Flasche *Taaka*-Wodka, der riesige Stapel Plastikbecher auf dem Couchtisch von *Kentone*, die Voodoo-Puppe aus Port-au-Prince auf dem Kopfkissen, der knallige Bettbezug von *Peter Max* – immer ohne Tagesdecke – und schließlich die stets frische Uniform. Immer eine saubere, frische Uniform, noch in der Plastikfolie, gerade zurück aus der Reinigung, immer auf einem schwarzen Drahtbügel an der Schranktür, nie im Schrank. Nur die Farbe ihrer Augen, Haare und Uniformen unterschied sich. Nach einer Weile, vor ein paar Monaten, als ich gerade total auf Stewardessen abgefahren war – wobei mich die eine mit der anderen bekannt machte, als ich die Mitbewohnerin kennenlernte, die dann umzog, wodurch ich *ihre* Mitbewohnerin kennenlernte, die mich wiederum ihrer besten Freundin vorstellte, und dann weiter zur nächsten – vermischten sich alle.

Sogar im Bett waren sie gleich, als hätten sie die gleichen Sex-Seminare besucht und eine Prüfung über *Die Sinnliche Frau*, *Joy of Sex* und die gesammelten Romane von John O'Hara machen müssen.

Stewardessen wollten nie bumsen; bei ihnen hieß es immer nur A. C. F. – Annilingus, Cunnilingus und Fellatio. Man konnte schon verdammt froh sein, wenn jede zehnte einem erlaubte, ihn reinzustecken. Und in Miami lebten mehr als 25 000 Stewardessen, alle glutäugig und scharf darauf, geheiratet zu werden. Sie rochen sogar gleich. Wie Milch. Normalerweise benutzten sie Moschus-Öl, der Duft, der angeblich den wahren und persönlichen Geruch herausbringen soll, und dieser Geruch war Milch, frische, unpasteurisierte Milch.

Krankenschwestern waren ein bißchen besser, aber auch sie hatten ihre Eigenheiten. Wenigstens eine Hand, normalerweise aber beide Hände mußten einen dauernd berühren, am Arm, der Schulter, dem Bein, und wenn man spazierenging, legten sie einem immer einen Arm um die Taille. Und der Geschmack einer Krankenschwester in Zivil war einfach nur gräßlich. In ihren weißen Uniformen sahen sie toll aus, knackig, sauber und antiseptisch, aber dann zogen sie ein rotes Kleid, einen lila Hosenanzug oder eine Bauernbluse und einen karierten Rock an, und schon sahen sie aus, als hätten sie sich bei *Goodwill* irgendwas mit geschlossenen Augen aus einem Kleidersack herausgezogen. Aber Krankenschwestern waren schon okay, jedenfalls erheblich besser als Stewardessen. Sie waren bodenständig, zuverlässig, vorhersehbar und fast immer pünktlich.

Das Problem war natürlich ich. Weder die Stewardessen noch die Krankenschwestern, sondern ich. Ihre Gesprächsthemen langweilten mich, genau wie ihre Flugpläne und Stop-overs, ihre Dienstpläne im Krankenhaus und ihre Patienten. Ich hatte x-mal immer wieder die gleichen Unterhaltungen über mich ergehen lassen müssen, und ich wollte mir das alles nicht mehr anhören. Aber Leute reden immer über ihre Flug- und Dienstpläne. Ich hatte nur einfach keine Lust mehr, mir das noch länger anzuhören, das war alles.

Bei Rita und Tina, den beiden kubanischen Mädchen aus Hialeah, wurde überhaupt nicht geredet. Ich wußte nicht mal, wo sie arbeiteten oder womit sie sich ihre Brötchen verdienten, auch wenn ich so eine Ahnung hatte, daß beide geschieden waren und von Unterhaltszahlungen lebten. Ich ging mit einer Flasche

Scotch vorbei, zog mich aus, während ich einen Drink machte, und dann legten wir los, alle drei, ohne langes Gerede. Es kostete mich nichts, aber für eine Orgie muß man schon in der richtigen Stimmung sein...

Ich verließ die Wohnung und sah mir einen alten John Wayne-Film an, *Dreckiges Gold*, wahrscheinlich der schlechteste Western, den der Duke je gemacht hat.

4

Die Elf-Uhr-Nachrichten waren gerade vorbei, als Larry klopfte. Er zog seine Jacke aus, lehnte einen Drink ab – er war schon ein bißchen angetrunken – und setzte Wasser für einen Instant-Kaffee auf. Er schaufelte zwei gehäufte Teelöffel Instant in eine Tasse, und ich erkundigte mich, wie's gelaufen war.

«Es war anders», sagte er nach längerem Schweigen. «Ich hatte noch nie eine Verabredung wie diese, und ich hab mich erheblich besser amüsiert, als ich erwartet habe. Es war abgedreht und schrill, aber trotzdem habe ich mich verdammt gut amüsiert.»

Er zog seine Krawatte aus und begann sie um einen Finger aufzurollen, wie ich es ihm beigebracht hatte. Ich mache das immer so, wenn ich nach Hause komme, gleichgültig, wie betrunken ich bin. Indem man seine Krawatte fest zusammenrollt und dann so in eine Schublade legt, kann man sie das nächste Mal sofort und knitterfrei wieder anziehen.

«Diese Wohnung», sagte Larry, «das Weinstein-Apartment, liegt im obersten Stock, dem zwölften – es ist zwar nicht das Penthouse, aber der oberste Stock. Das *Cresciente* steht auf der Bay-Seite von Belle Isle, nicht zum offenen Meer hin, aber die Wohnung liegt so hoch und befindet sich an der Südostseite des Gebäudes, abgeschirmt an beiden Ecken mit einem Balkon, daß man einen tollen Blick auf die Skyline von Miami und das Meer hat.

Hundertfünfzigtausend Mäuse kostet die Bude.»

«Woher weißt du das?»

«Irv hat's mir gesagt. Mr. Weinstein. Er hat's mir bereitwillig erzählt. Er konnte's kaum abwarten, es mir zu erzählen. Drei Schlafzimmer, dreieinhalb Bäder, ein Wohnzimmer, ein Eßzimmer und ein Freizeitraum mit einem Snooker-Tisch.»

«Du meinst einen Pool-Tisch...»

«Nein, ich meine einen *Snooker*-Tisch. Wettkampfgröße. Und auch zwei hohe Billard-Stühle. Irv hat sie aus Rattan anfertigen und mit maßgefertigten Kissen polstern lassen.»

Er rührte in seinem Kaffee und setzte sich mir gegenüber an den Couchtisch.

Ich richtete die Fernbedienung auf den Fernseher und schaltete die Kiste aus.

«Das Date hat mich keinen Dime gekostet. Eigentlich wollte ich mit Shirley zu *Wolfie's* oder einem ähnlichen Restaurant. Diese Idee hat mich schon ein bißchen nervös gemacht, als ich das *Cresciente* sah, aber ich wollte die Sache auf jeden Fall durchziehen. Aber sie hatten andere Pläne. Mrs. Weinstein hatte ein Abendessen vorbereitet, und alle hielten es für das beste, wenn wir bei unserer ersten Verabredung zusammensaßen und uns erst mal etwas besser kennenlernten. Ach, ja, und sie haben mich dauernd ‹Doktor› genannt.»

«Hast du mitgespielt?»

«Klar. Ich hab denen nur gesagt, ich wär Doktor der Philosophie. Die kannten den Unterschied überhaupt nicht. Ich glaube, die Leute von *Electro-Date* müssen denen gesagt haben, ich wäre ein Doktor. Wenn du an meiner Stelle gewesen wärst, hättest du dich locker als Arzt ausgeben können, weil du ja den ganzen medizinischen Jargon drauf hast. Aber die waren mit einem Dr. phil. genauso glücklich. Zuerst haben sie gedacht, ich wäre College-Professor, aber ich habe gesagt, daß ich als Privatdetektiv für die *National Security* arbeite und daß ich später ein Buch über die Philosophie der Sicherheit schreiben wollte.»

«Was ist das denn?»

«Woher soll ich das wissen? Du sagst doch immer, ich könnte nicht abstrakt denken, aber die Weinsteins haben's ganz okay gefunden.»

«Was ist mit dem Mädchen?»

«Über das Mädchen kann ich nicht viel erzählen. Shirley hat kaum was gesagt. Beim Essen hat praktisch nur ihre Mutter geredet, anschließend habe ich mit Irv Snooker gespielt. Also ist Shirley nicht dazu gekommen, besonders viel zu sagen.»

«War sie hübsch?»

«Schwer zu sagen, wirklich. Für mich sehen diese jüdischen Mädchen irgendwie alle gleich aus, weißt du, wenigstens die in Miami Beach. Sie hat sich die Nase richten lassen, aber wie meistens hat man ihr zuviel weggenommen. Irgendwie paßt diese irische Stupsnase nie so richtig in ein jüdisches Gesicht. Wenn du so viele Verbrecherfotos studiert hättest, wie ich während der letzten paar Jahre, wüßtest du, was ich meine. Aber sie hatte schöne Haare, schwarz, lang und glatt über ihren Rücken runter, fast bis zum Arsch. Sie trug eine runde, blaßblau getönte Brille und ein knöchellanges Oma-Kleid. Sie hat wohl Gewichtsprobleme – zumindest war ihr Gesicht rundlich –, aber sie tut was dagegen. Sie hat beim Abendessen fast nichts gegessen.»

«Was haben sie dir denn vorgesetzt?»

«Weißfisch, mit Kopf und allem, irgendein Schmortopf mit Fleisch, Tomaten und Käse, und einen Caesar-Salat. Von dem Weißfisch hab ich nichts gegessen. Ich mag's nicht, wenn mich der Fisch mit einem Auge vom Teller anstarrt, und ich hatte Angst vor Gräten. Außerdem war ich auch schon leicht angesäuselt, als das Essen auf den Tisch kam.

Weißt du, Irv trinkt ganz gern einen, aber ich hab schon mitgekriegt, daß er nicht viel zwitschern darf, wenn kein Besuch da ist. Kaum hatte ich mein Glas halb ausgetrunken, es war übrigens *Chivas* mit Soda, hat er gesagt: ‹Lassen Sie mich das auffüllen, Doktor›, und schon ist der Bursche zur Bar geflitzt. Sich selbst hat er bei der Gelegenheit natürlich auch nachgeschenkt, nur daß er jedesmal fast ausgetrunken hatte, und nicht erst halb wie ich. Die alte Dame hat das auch mitgekriegt, aber solange ich da war, konnte sie ja schlecht was sagen. Der alte Irv hat den Stoff wirklich weggeknallt.»

Larry trank einen Schluck Kaffee. «Er ist übrigens pensionierter Kürschner. Fünf- oder sechsundfünfzig oder so was in der Kante.»

«Was ist mit dem Mädchen, mit Shirley?»

«Noch keine dreißig. Ich kann dir nicht sagen, wieviel an den Dreißig noch fehlt, aber sie war noch keine dreißig. Und sie war nicht besonders glücklich, also über unser Date, meine ich. Ich wußte, daß sie ausgehen wollte, von ihren Eltern wegkommen wollte, aber das war einfach nicht drin. Und als ich dann nach dem Essen erst mal mit Snooker angefangen hatte, wollte ich sowieso nicht mehr weg. Irv ist ein guter Spieler, und bei der ersten Partie hat er mich geschlagen. Aber die nächsten beiden Spiele habe ich ihn naß gemacht. Sein Problem ist ganz einfach, daß er nicht oft genug mit anderen spielt. Wahrscheinlich übt er viel, und du weißt ja selbst, wie es ist, wenn man übt, du probierst eine Menge Stöße, die du bei einem Wettkampf niemals ernsthaft in Erwägung ziehen würdest, weil sie einfach viel zu riskant sind. Also hat er ein paar von diesen riskanten Stößen versucht und oft genug versiebt. Ich habe seit vier oder fünf Jahren kein Snooker mehr gespielt, und es hat so ungefähr bis zur Hälfte des zweiten Spieles gedauert, bis ich wieder einigermaßen drin war. Ich wünschte, ich hätte vorher von dem Snooker-Tisch gewußt, dann hätte ich nämlich mein eigenes Queue mitgenommen...»

Ich lachte. «Das hätte Shirley bestimmt ganz toll gefunden», sagte ich. «Bei einer ersten Verabredung schon das eigene Queue mitzubringen.»

Larry lachte. «Ja. Aber ich meine, so wie's dann gelaufen ist...»

«Hat Shirley mitgespielt?»

«Nein. Sie hat einfach nur auf einem der Stühle gesessen und zugesehen. Da hat sie nichts gesagt, und vor und während des Essens bekam sie eigentlich auch keine Chance, irgendwas zu sagen. Ihre Mutter redete die ganze Zeit, eine richtig spröde Frau, mit gebleichten, blonden Haaren, die aussahen, als wären sie aus Sandstein geschnitzt. Nur vom Hinsehen wußte man, wie hart die sein mußten.»

«Was hat sie denn so erzählt?»

«In ein paar Wochen oder so machen die drei eine Kreuzfahrt um die Welt. Davon hat sie geredet. Die letzten anderthalb Jahre hat Shirley in einem Kibbuz in Israel gelebt. Als Irv und Helen sie besucht haben, da waren sie über die Lebensverhältnisse dort so entsetzt, daß sie Shirley gleich mit nach Hause genommen haben. Das Wasser war basisch, es gab nur Außenklos, das Essen war schlecht, die Unterkunft war unhygienisch, und die arme Shirley mußte hart arbeiten. Sie stand an einer Bandsäge in der Möbelproduktion. Ich denke mir, Shirley wollte wahrscheinlich nicht mit nach Hause, obwohl sie am Tisch nichts gesagt hat. Diese Weltreise soll so was wie eine Entschädigung sein. Wenigstens ist das bei mir so angekommen. Shirley hat kaum den Mund aufgemacht, aber mich reichlich angestarrt.

Und dann, ganz bewußt, auch wenn sie versuchte, es beiläufig klingen zu lassen, hat Helen, also Mrs. Weinstein, gesagt, die Kreuzfahrt würde Shirleys Hochzeitsgeschenk sein, falls sie das wollte.»

«Das war ziemlich deutlich, Larry. Haben sie die ganze Zeit geglaubt, du wärest Jude?»

«Ja, ich glaube schon. Irv hat's nichts ausgemacht, aber Helen ist stocksteif geworden, als ich schließlich sagte, ich sei Katholik. Und es hat Helen auch ziemlich mitgenommen, als ich sagte, ich hätte gedacht, *sie* wären auch Katholiken, und genau das habe man mir auch bei *Electro-Date* gesagt.»

«Das haben sie dir bei *Electro-Date* nicht gesagt.»

«Ich weiß, aber ich hab's jedenfalls behauptet. Kannst du dir den armen Kerl vorstellen, der heiratet und anschließend drei

Monate lang in der gleichen Kabine Schwiegermutter und Schwiegervater dabei hat?»

«Die werden schon einen finden. Dieser Bursche hat Geld, was?»

«Allerdings hat Irv Geld. Er ist reich, Mann. Und ein verdammt guter Snooker-Spieler. Wieso gehen wir beide eigentlich nicht mal Snooker spielen? Schon mal gespielt?»

«Früher, ja, aber ich weiß nicht mal, wo's hier in Miami einen Tisch gibt.»

«Wir könnten bei Irv spielen. Er hat gesagt, ich könnte ihn jederzeit anrufen, wenn ich Lust auf eine Partie hätte. Aber ich schätze, das hat sich wohl erledigt. Ich bin an dem Mädchen nicht interessiert, und wenn ich noch mal hingehe, kommt sie vielleicht noch auf falsche Gedanken.»

«Hattest du Gelegenheit, allein mit ihr zu sprechen? Du hast gesagt, ihr hättet nicht viel geredet, aber du hast mir noch nicht erzählt, was sie gesagt hat.»

«Also, wir waren eigentlich erst allein, als ich ging. Als ich mich auf den Weg machen wollte, hat ihre Mutter sie einen Augenblick in die Küche gerufen, und Irv ist meine Jacke holen gegangen. Ich hatte sie beim Snooker ausgezogen und im Freizeitraum liegenlassen. Als ich die Wohnungstür aufmachte, sagte Shirley: ‹Ich fahr mit Ihnen runter ins Foyer.›

Wir sind also in den Fahrstuhl, und ungefähr im sechsten Stock hat sie dann den roten Notschalter gedrückt und den Lift angehalten. Ich war immer noch ein bißchen high, und als der Fahrstuhl dann unerwartet anhielt, torkelte ich gegen die Wand. Sie hat mir in die Augen gesehen, durch ihre blau getönte Brille, und gesagt: ‹Bist du beschnitten, Larry?›

‹Nein›, habe ich gesagt.

‹Laß sehen›, sagt sie.

Also packe ich meinen Schwanz aus und zeige ihn ihr. Sie hat ihn dann lange angestarrt, so als hätte sie noch nie einen Pimmel gesehen, wenigstens keinen unbeschnittenen Pimmel, und dann hat sie gesagt: ‹Ist mir egal.›

‹Was meinst du damit, ist dir egal?› frage ich.
‹Ich meine›, sagt sie, ‹daß es mir nichts ausmacht, ob du beschnitten bist oder nicht.›»

«Sie hat dir einen unsittlichen Antrag gemacht, Larry. Das heißt, sie hat dir gesagt, daß sie zu haben wäre.»

«Das weiß ich auch, Hank. Ich hab ihn jedenfalls wieder eingepackt, den Reißverschluß hochgezogen und den Notschalter wieder gedrückt. Das hat mich echt abgetörnt, Mann. Also, nicht, daß sie mich überhaupt angetörnt hätte, aber das war alles so abgedreht, verstehst du, halb betrunken, den Pimmel aus der Hose und so, wie sie das Ding angestarrt hat. Vielleicht ist ein schlaffer, unbeschnittener Schwanz ja nicht gerade einer der schönsten Anblicke, aber es ist meiner, verstehst du, und dieser merkwürdige wissenschaftliche Blick, den sie draufgeworfen hat, diese blau getönte Brille, so wie sie sich vorgebeugt hat, die Hände in die Hüften gestemmt – ich weiß nicht, Hank, ich weiß einfach nicht. Einen kurzen Augenblick hat mir das richtig angst gemacht. Ich hatte so ein komisches Gefühl, oder eine Vorahnung, daß er nie wieder steif würde.

Als wir dann jedenfalls unten im Foyer angekommen sind, hab ich ihr einen Gutenachtkuß gegeben, einen langen, feuchten Kuß. Und sie hat ihn erwidert. Aber da war nichts, Mann, absolut nichts. Meine Eier waren Eiswürfel. Soviel zu meinem ersten Date. Ich denke, ich werde dafür ungefähr fünfunddreißig Bucks auf mein Spesenkonto setzen, und das war's dann.»

Larry stand auf und nahm seine weiße Jacke. Die zusammengerollte weiße Krawatte steckte er in die linke Jackentasche.

«Irgendwas stimmt nicht mit dem Computer von dieser Partnervermittlung», sagte ich. «Du hättest es nicht schlechter erwischen können, wenn du eine Lesbe in einer Schwulenbar abgeschleppt hättest.»

«Ich weiß. Morgen werde ich *Electro-Date* anrufen und ein Höllenspektakel veranstalten. Auch wenn ich kein Katholik bin, hab ich es doch behauptet, und habe ein Recht entweder auf eine Katholikin oder auf jemanden, der genauso gelogen hat wie ich.»

Ich lachte. «Sag das noch mal.»

Larry grinste. «Kann ich nicht.»

Nachdem Larry wieder fort war, dachte ich noch kurz über seinen merkwürdigen Abend nach und ging dann ins Bett. Die Partnervermittlung kam mir nicht mehr in den Kopf, bis ich eine Woche später auf Dons Geburtstagsparty zufällig Larry mit seiner zweiten Verabredung über den Weg lief.

Da habe ich dann Jannaire kennengelernt.

5

Auf Dons Rasen, am Bordstein und auf den angrenzenden Rasenflächen parkten schon mehr als zwanzig Autos, als ich bei seiner Geburtstagsparty eintrudelte. Die Ruhe des vorstädtischen Viertels wurde durch heftiges Trommeln erschüttert, die über dem gewaltigen Wogen der Stimmen von der Terrasse neben dem Pool pulsierten. Später erfuhr ich, daß irgendein Irrer Don drei LPs mit echter afrikanischer Stammesmusik zum Geburtstag geschenkt hatte.

In dem aussichtslosen Versuch, so viele Leute wie möglich aus ihrem Haus fernzuhalten, hatte Clara Luchessi die Feierlichkeiten um den Pool und Terrasse arrangiert. Die Bar, die mit von einem Partyservice gelieferten Speisen überladenen Tische und sogar die beiden grünweiß gestreiften Zelte mit Badehosen und Bikinis, ein Zelt mit der Aufschrift ER und das andere mit SIE, standen draußen. Allerdings gab es am Pool keinerlei Toiletten. Wenn man aufs Scheißhaus wollte, mußte man trotzdem ins Haus oder aber in den Pool pinkeln.

Auf einem Kartentisch am anderen Ende des Pools lag ein Berg Geburtstagsgeschenke. Ich legte meines dazu und vergewisserte mich, daß die Karte sicher mit Klebeband auf dem Päckchen befestigt war. Mein Geschenk für Don zeugte nicht von besonders gutem Geschmack, aber eigentlich zielte ich damit auch weniger auf Don ab – es war eher für Clara bestimmt. Ich hatte in

Maggie's Old Book Shop ein altes Exemplar von George Kellys *Craig's Wife* in fast tadellosem Zustand gefunden, und ich konnte Maggie überreden, es mir als Geschenk einzupacken. Don würde das Theaterstück lesen und lachen, genau wissen, daß es ein Scherz war. Aber wenn Clara es las, könnte es – ziemlich wahrscheinlich – sein, daß sie Don im Haus nicht mehr ganz so unter Druck setzte.

Die milde Abendluft war drückend – laut Wetterbericht im Autoradio lag die Luftfeuchtigkeit bei 90 Prozent –, doch von dem flachen, grünen Fairway hinter dem Garten des Hauses wehte eine laue Brise über die Terrasse. Dons Pool lag nicht weit entfernt vom achten Grün des *Miccosukee Country Club*. Clara hatte am Rand ihres Grundstückes und an der Grenze zum Fairway Kerzen aufgestellt. Sie standen in sandgefüllten Papiersäkken, und das überraschend gute Licht bewirkte, daß die Gesichter der Gäste leicht verzerrt wirkten, da sie von unten beleuchtet wurden. Nur über der Bar hing eine starke elektrische Lampe. Der Barkeeper, Joe T., oder Jotey, wie er auch genannt wurde, war ein Schwarzer, der im *Kendall Kwik-Check* die Lebensmittel in Tüten packte *(sic!)*. Wir vier hatten Jotey schon das eine oder andere Mal für Parties eingagiert, da er ein überraschend gutes Urteilsvermögen besaß. Wenn jemand kurz davor stand, sturzbesoffen zu werden, holte Jotey ihn behutsam wieder runter, indem er einfach den Alkoholgehalt der Drinks reduzierte. Weil Jotey außerdem nicht vor zehn Uhr zur Arbeit ins *Kwik-Check (sic!)* mußte, würde er auch früh am Morgen nach der Party bereitwillig zurückkommen und für zehn Bucks extra saubermachen und aufräumen.

«Mr. Norton», begrüßte mich Jotey, als ich zur Bar kam, «ein *J. B.* mit Soda.» Er grinste und reichte mir meinen Drink.

«Erheblich besser als *Glen Plaid*», sagte ich.

Jotey zwinkerte und bediente einen anderen Gast, Nita Peralta, Dons pummelige kubanische Sekretärin. Ich bewunderte ihr Kostüm, ein wie eine Markise rotweiß gestreiftes, sehr kurzes Seidenkleid, das sie mit einer roten Seidenschärpe um ihre pralle Mitte gebunden hatte. Dazu trug sie erdbeerfarbene Netzstrümpfe und grüne Lackstiefel. Da ich von Nita nicht in eine Unterhaltung verwickelt werden wollte, verließ ich die Bar.

Ein paar der Leute kannte ich flüchtig – Dons verheiratete Freunde –, doch die meisten Gäste waren für mich nur Fremde mittleren Alters. Ich vermutete, daß die älteren Männer, viele in Begleitung ihrer Frauen, Dons Geschäftsfreunde waren, die er zu seiner Geburtstagsparty eingeladen hatte, damit er die Feier als Geschäftskosten absetzen konnte. Trotz der Hitze trugen die meisten dieser älteren Männer Smokingjacken und Anzüge. In Miami bedeutet das Wort «zwanglos» auf einer Einladung nicht Smokingjacken, es bedeutet Freizeithemden, Bermudashorts und Turnschuhe oder Sandalen. Aber ältere Männer tragen, als eine Art Kompromiß, auf «zwanglosen» Parties praktisch immer Anzug und Krawatte. Bei einem Geschäftsmann ist ein Anzug, wie die Uniform eines Soldaten, immer korrekt, auch wenn beides unbequem ist.

Das Wetter in Miami gleicht exakt dem Wetter in Südvietnam, und es ist eine verdammte Schande, daß wir uns nicht dementsprechend anziehen können. Wenn ich zu Ärzten gehe und Krankenhäuser besuche, besteht meine Firma darauf, daß ich Anzug und Krawatte trage. Mein Haar muß kurz geschnitten sein, obwohl die jungen Ärzte, die ich gelegentlich treffe, dichte Locken bis auf die Schultern haben. Das gute Verhältnis, das ich zu den weit rechts stehenden Ärzten gewinne, verliere ich bei den jüngeren, weit links stehenden Ärzten.

Ich entdeckte Don sofort. Er saß, seine Tochter Marie auf dem Schoß, an der anderen Seite des Pools. Er unterhielt sich mit einem Kubaner mittleren Alters, der einen blaugestreiften Wollanzug trug, und dem Ernst ihres Gespräches nach zu urteilen war es offensichtlich, daß sie über geschäftliche Dinge redeten. Don hatte mir einmal gesagt, daß er einen großen Teil seiner englischen Silberwaren an Kubaner verkaufte. Die kubanischen Kunden brachten fast dreißig Prozent seines Gesamtumsatzes.

Ich beschloß, später mit Don zu reden. Clara stand am anderen Ende der Terrasse, rührte die Werbetrommel für gebackene Bohnen und Kartoffelsalat. Ich fragte mich, ob sie wohl die roten Plastiklöffel und Gabeln zählte, nachdem die Gäste fort waren.

Eddie Miller hatte mir am Telefon gesagt, er müsse über Nacht in Chicago bleiben und würde deshalb die Party verpassen, also machte ich mich auf die Suche nach Larry. Ich schlenderte herum, nickte freundlich, blieb aber nicht stehen, um mit niemandem reden zu müssen. Ich wußte, daß Larry bald eintreffen mußte, da man keine billigere Verabredung treffen konnte, als mit einer Frau auf eine Geburtstagsparty zu gehen, und er hatte gesagt, er würde eine neue *Electro-Date*-Partnerin mitbringen. Nachdem ich seine Geschichte über die Weinstein-Verabredung kannte, war ich gespannt, was die Partnervermittlung ihm als nächstes angedreht hatte.

Bewegung half ein bißchen, aber das dumpfe Grummeln in meinem Bauch legte sich nicht. Ich hatte fünf Pfund zugelegt, und wenn ich fünf Pfund zulege, dann esse ich nur noch eine Mahlzeit pro Tag, und zwar mittags, bis ich wieder auf meinen gewohnten 195 bin. Wenn ich nur einmal täglich esse, verliere ich die nötigen Pfunde und kann mir trotzdem noch nebenbei ein paar Drinks genehmigen. Normalerweise kehre ich zu einer Mahlzeit pro Tag zurück, sobald ich die 200 erreiche, aber irgendwie war ich bei 205 gelandet, bevor ich es überhaupt mitbekommen hatte. Als zusätzliche psychologische Krücke, um mein Gewicht bei kräftigen 195 zu halten, lasse ich mir meine Kleidung maßschneidern. Wenn ich also zum Beispiel plötzlich auf 210 hochschoß, würde ich eine komplette neue Garderobe benötigen. Und im Moment, bei 205, saß meine Hose unbequem eng um die Taille. Ich hatte mein Freizeithemd nicht in die Hose gesteckt, um zusätzlich Luft zu bekommen. Mehr konnte ich nicht tun, um mich von Claras opulentem Büfett fernzuhalten, aber ich hatte trotzdem Angst, ihm zu nahe zu kommen.

Ich stand eine Minute oder so rum, kaute auf einem Eiswürfel und beobachtete, wie auf der anderen Seite ein Mädchen mit breitem Arsch aus dem Pool stieg, und dann kehrte ich auf ein frisches Glas zur Bar zurück.

Ich war bei meinem dritten Glas und immer noch hungrig, als Larry endlich kam. Er trug seinen weißen Anzug, seine «Verabredungs-Uniform», und bewegte sich wie ein schneebedeckter Berg durch die Menge, als er auf die Bar zusteuerte. Die Frau trottete hinter ihm her, und selbst als er die Bar erreichte, konnte ich sie nicht richtig sehen, weil sie hinter ihm stand. Larry legte sein Geburtstagsgeschenk auf die Theke, ein schmieriges, unbeholfen in grünes Seidenpapier eingeschlagenes Päckchen, und bestellte zwei Bourbon und Coke zum Nachspülen. So war er. Er bestellte immer für sich und die Frau, mit der er zusammen war, ohne zu fragen, was sie wollte. Bei Drinks war das nicht weiter tragisch, aber sie korrigierten die Bestellung, wenn er *Club Sandwiches* bestellte und sie Steak und Salat wollten.

«Was ist das?» fragte ich und tippte auf das Päckchen.

Larry grinste. «Dons Geburtstagsgeschenk. Ich habe ihm ein *Colonel-Sanders*-Vorteilspack besorgt. Neun kalte Hühnchenteile. Und eingepackt hab ich's selbst.»

«Dein Geschenk ist noch schlimmer als meines», sagte ich. «Ich hab ihm ein Buch mitgebracht.»

«Nein, eigentlich nicht», sagte Larry. «Ich dachte, das Vorteilspack erinnert ihn vielleicht an unsere gemeinsame Junggesellenzeit.»

«Das wird es. Aber ich glaube kaum, daß Clara es besonders originell finden wird.»

«Ich will's nicht hoffen.»

Ich nahm das fettige Päckchen, legte es zu den anderen auf den Geschenketisch und kehrte zurück. Diesmal konnte ich Larrys Verabredung besser erkennen. Sie war schön genug, um zu wissen, daß die Welt immer auf ihrer Seite stehen würde.

Dann zog mir ihr Duft in die Nase, das volle, berauschende Aroma, und es wirkte wie eine knallharte Rechte genau aufs Herz, eine satte Gerade mit der ganzen Wucht des Körpers dahinter. Ein Geruch, ein Duft, ist nahezu unbeschreiblich, außer vielleicht unter Zuhilfenahme anderer Düfte, aber kurz und in einem Wort: Jannaire roch nach Frau. Ich habe schon Moschusöl und die sinnlose Hoffnung erwähnt, daß es den individuellen Geruch einer Person zum Vorschein bringt. Meistens funktioniert es nicht; oft riecht es bei dem, der es benutzt, einfach nur nach Moschusöl. Allem Anschein nach benutzten es in Miami die meisten Frauen und die Hälfte aller schwulen Männer, aber dieser Eindruck ist falsch. Wenn fünf Frauen zusammen in einem Raum sitzen, und wenn nur eine einzige Moschusöl benutzt, dann ist es so überwältigend stark, daß es sich mit den Parfüms der anderen vier Frauen vermischt und dem verstohlenen Schnüffler den Eindruck vermittelt, alle fünf Frauen wären mit Moschus gesalbt.

Jannaires Moschusduft war nur ganz schwach, da ihr eigener Geruch – oder, um präziser zu sein, Gestank – nach urzeitlichen Sümpfen, finsteren, mit Guano überzogenen Höhlen, bewegtem Meereswasser, Achselschweiß, Mangroven bei Ebbe, Opferblut der Maya, Bartholini-Drüsen, Seife, Maulbeerblättern, Dschungelvegetation, Safran, Kätzchen in einem Pappkarton, Volleyballplätzen der YWCA, Trompetenschnecken, der U-Bahn von Atlanta, der Insel Lesbos und schierer Freude – *Patou's Joy* – das Moschusöl überlagerte. Ich war überwältigt von diesem massiven Angriff auf meine Nase, übermannt von ihrem weiblichen Aroma, und auch wenn ich zu diesem Zeitpunkt die Mischung nicht näher definieren konnte – und genaugenommen kann ich es heute noch nicht –, war da auch nicht die geringste Spur von *Milch*. Hier war eine echte Frau.

«Jannaire», sagte Larry, «ich möchte dir meinen besten Freund Hank Norton vorstellen. Hank. Jannaire.»

Sie schaute aus goldgefleckten, kackbraunen Augen zu mir auf. Sie war etwa einssechzig groß, aber in ihren goldenen Sandalen wirkte sie kleiner. Ihr glattes, dunkelbraunes Haar, in der Mitte gescheitelt und locker auf die Schultern fallend, war ein dunkler, bronzefarbener Helm, und es schmiegte sich an ihren

Kopf, als wäre sie nach einem Kopfsprung gerade aus dem Wasser aufgetaucht. Unter ihren Pupillen war wenigstens zwei Millimeter Weiß zu sehen, und ihre ausdrucksvollen dunklen Augen enthüllten den vollen optischen Kreis. Sie trug ein knielanges, goldfarbenes Kleid, formlos an der Taille und ohne Gürtel, aber mit winzigen Goldkettchen als Trägern.

Sie hob einen Arm, als Larry ihr Bourbon und Coke reichte, und angesichts des dichten Büschels schwarzer Stahlwolle unter ihrer Achsel bekam ich Stielaugen. Außer in schwedischen und britischen Filmen hatte ich noch nie eine Frau mit unrasierten Achselhöhlen gesehen, und das gleiche tintenschwarze Haar stellte ich mir zwischen ihren Beinen vor. Winzige Stop-and-go-Schweißbäche schoben sich langsam meine Seiten hinunter, als ich zu transpirieren begann.

«Jannaire...?» sagte ich.

«Sie hat keinen Nachnamen», erwiderte Larry. «Hat sie gesagt», fügte er mißbilligend hinzu.

«Wie geht's denn so, Jannaire?» Ich nahm ihr das Glas ab und stellte es auf die Theke. «Das müssen Sie nicht trinken. Bestellen Sie, was immer Sie möchten.»

«Ich glaube, ich hätte gern ein Bier», sagte sie mit leicht stokkender Stimme und beendete ihren Satz mit hebendem Tonfall. Wie ich schon bald herausfand, beendete sie all ihre Sätze mit hebendem Tonfall.

«Ich besorg Ihnen eins», sagte ich. An der Bar gab's kein Bier, aber ich wußte, daß ich in Dons Kühlschrank bestimmt welches finden würde.

«Warte hier, Jannaire», sagte Larry. «Ich muß mal kurz telefonieren.»

«Wir sind gleich zurück», sagte ich.

Larry und ich gingen in die Küche, und er deutete mit dem Kopf auf den Flur. «Laß uns kurz in Dons Arbeitszimmer gehen.»

Wir betraten das Arbeitszimmer, und Larry knipste die Schreibtischlampe an. «Hast du sie gerochen, Hank?» fragte er.

«Auf der Fahrt von *Hojo's* bis hierher mußte ich die Klimaanlage ausschalten und die beschissenen Fenster runterkurbeln.»

«Ich nehme sie dir gern ab», meldete ich mich freiwillig.

«Was? Ich kann sie doch nicht einfach so abservieren. Die schwärzt mich doch glatt bei *Electro-Date* an, und ich habe noch drei weitere Dates vor mir. Leider», fügte er bitter hinzu.

«Kein Problem. Du hast doch gesagt, du müßtest kurz telefonieren. Ich werde Jannaire einfach erzählen, daß dein Chef dich wegen irgendeinem Notfall dringend in der Firma braucht. Du wartest hier ein paar Minuten, und ich gehe dann mit ihr rüber zum Golfplatz. So kannst du Don noch zum Geburtstag gratulieren und dann einen Abgang machen.»

«Das mußt du aber wirklich nicht für mich tun, Hank. Ich hab mich da reinmanövriert, und ich...»

«Verdammt. Du würdest für mich das Gleiche tun.»

«Aah, da bin ich nicht so sicher. Was *ist* das überhaupt für ein Geruch, Hank?»

«Einfach nur Frau, das ist alles, Frau.»

«Hast du ihre beschissenen Achselhöhlen gesehen? Ich hab noch nie eine Frau gesehen, die sich unter den Armen nicht rasiert hat. Du?»

«Nein, aber irgendwie macht's mich an.»

«Mich törnt das total ab! Wenn ich die drei anderen Dates hinter mir habe, halte ich mich wieder an die Stewardessen. Zum Teufel damit, das Finanzamt bei der Einkommensteuer zu bescheißen. Ich renne einem Hirngespinst nach dem anderen nach.»

«Ist Jannaire katholisch?»

«Muß sie wohl. In ganz Amerika gibt's keine einzige protestantische Frau, die unter ihren Armen Haare wachsen lassen würde.»

«Okay, Larry. Gib mir ein paar Minuten», sagte ich, «und ich hol dich da raus.»

«Gut. Ich rede nur noch kurz mit Don, und dann zisch ich ab. Ist sowieso eine beschissene Party, oder?»

«Das sind sie doch immer.»

Ich holte zwei Dosen Bier aus dem Kühlschrank und kehrte zu Jannaire an die Bar zurück. Jotey, hinter der Theke, zeigte ihr gerade mit seinem langen, schwarzen Zeigefinger Don und Clara.

«Kommen Sie, gehen wir raus zum Golfplatz und trinken die hier», sagte ich. «Wenn die Leute uns mit dem Bier sehen, wollen alle eins.»

Ich riß die Dosen auf und gab ihr eine, als wir zum achten Grün hinüberschlenderten und um den mit losem Sand gefüllten Bunker gingen. Das Grün lag auf einer künstlich angelegten Anhöhe, und wir setzten uns auf den grasbewachsenen Abhang, der zu dem beleuchteten Garten hin lag. Die Kerzen verwandelten die um den Pool schwirrenden Gäste zu Schauspielern auf einer Bühne im Rampenlicht.

«Wo ist Larry?» fragte sie.

«Ich weiß nicht, wie ich Ihnen das jetzt sagen soll, Jannaire, aber er hat gesagt, er könnte Sie einfach nicht ausstehen. Also ist er gegangen, und ich habe ihm versprochen, Sie nach Hause zu bringen.»

«Ich hab schon gemerkt, daß er mich nicht mochte», sagte sie, «aber Sie müssen mich wirklich nicht nach Hause bringen. Ich kann mir auf der Dixie ein Taxi zurück zum *Hojo's* nehmen.»

«Wieso zum *Hojo's*?»

«Da habe ich meinen Wagen stehenlassen.»

«Larry ist verrückt», sagte ich. «Sie sind hier heute abend die mit Abstand attraktivste Frau. Vielleicht haben Sie ihn irgendwie verärgert. Larry ist sehr empfindlich, wissen Sie.»

«Ich kann mir nicht vorstellen, was es gewesen sein soll. Ich weiß, daß er mir nicht geglaubt hat, als ich ihm sagte, ich hätte keinen Nachnamen, aber es stimmt. Vor fünf Jahren habe ich meinen Namen rechtsgültig auf Jannaire ändern lassen.»

«Wieso?»

«Das hat er auch gefragt. Aber so geht's mir immer. Entweder mögen mich die Männer vom ersten Augenblick an oder eben nicht. Und es gibt mehr Männer, die mich nicht mögen. Das war schon immer so, schon seit der High School.»

«Was machen Sie, Jannaire?»

«Wegen der Männer, meinen Sie?»

«Nein. *Ich* mag Sie. Das hatten wir ja schon geklärt. Nein, ich meine, beruflich?»

«Viele der Frauen hier heute abend wüßten es – eine ganze Menge von ihnen, glaube ich. Ich entwerfe Kleider, Hosenanzüge meistens, unter dem Handelsnamen *Jannaire*. Außerdem gehört mir das *Cutique* auf der Miracle Mile in Gables.»

«*Cutique?*»

«Schrecklich, was? Aber die Frauen merken sich den Namen und kommen wieder. Außerdem besitze ich zwei Apartmenthäuser, und dann bin ich noch stiller Teilhaber an einigen weiteren Unternehmen. Ich muß immer etwas zu tun haben.»

«Dann verstehe ich die Sache mit der Partnervermittlung aber nicht so ganz. Wieso sollte eine so attraktive Frau wie Sie, und noch dazu mit Geld – und einem Geschäft –, auf die Idee kommen, sich bei *Electro-Date* anzumelden?»

Sie lachte. «Erzählt Larry Ihnen eigentlich alles?»

«Nein, aber wir sind befreundet und wohnen im gleichen Haus. Und von *Electro-Date* hat er mir erzählt.»

«Um Ihnen die Wahrheit zu sagen, Mr. Norton...»

«Hank, um Himmels willen. Ich werde Sie jedenfalls ganz sicher nicht Miss Jannaire nennen.»

«In Ordnung, Hank. Ist das nicht auch ein komischer Name?»

«Kommen Sie, zurück zur Wahrheit über die elektronische Partnervermittlung.»

«Zufälligerweise gehören mir zwanzig Prozent von *Electro-Date*, und das Geschäft läuft zur Zeit nicht so besonders, auch wenn es ziemlich gut angefangen hat. Miami ist viel zu klein für eine zuverlässige Partnervermittlung, und die Konkurrenz ist einfach zu groß. Wie auch immer, wenn jemand meckert, wie Larry es nach seinem ersten Date getan hat, dann werde ich verständigt. Ich sehe mir den Fragebogen des Antragstellers aufmerksam an und übernehme gelegentlich ein Rendezvous. Ich bin überzeugt, wenn Larry und ich die Chance gehabt hätten, miteinander zu reden, wie Sie und ich es jetzt tun, dann hätte ich seine Abneigungen überwinden können.»

«Nein», erwiderte ich lachend. «Nur, wenn Sie sich unter den Armen rasiert hätten.»

«Dann scheiß auf ihn! Haben Sie Lust zu kiffen?» Sie öffnete ihre kleine goldene Handtasche und nahm eine Marihuana-Zigarette heraus.

«Machen Sie ruhig.» Ich griff nach meinem Feuerzeug. «Aber ich rauche nie Pot. Bringt mir einfach nichts, und ich habe eine Gehirnwäsche hinter mir. Ich bin Pharma-Vertreter, und nach unserem Indoktrinationskurs rühren wir keine Drogen an.»

«Mary Jane ist keine Droge», protestierte sie.

«Ich kenne die Argumente. Und ich kann jedes widerlegen, das Sie anbringen. Aber bei meinem Job, mit dem Zugang zu Drogen jeder Art, lasse ich konsequent die Finger davon. Die haben uns während der Ausbildung eine solche Heidenangst eingejagt, daß es mich beunruhigt, wenn ich nur ein Aspirin nehme. Und Aspirin kann auch gefährlich sein. Manchen Leuten brennt es Löcher in die Magenschleimhaut.»

Ich gab ihr Feuer. Sie inhalierte tief, hielt den Rauch in den Lungen und fragte durch zusammengepreßte Zähne: «Was genau macht ein Pharma-Vertreter?»

«Er ist so was wie ein Drogen-Pusher. Ich bin Arzneimittelvertreter für *Lee Laboratories*, und mein Gebiet umfaßt Key West, Palm Beach und das gesamte Dade County. Ich soll wöchentlich etwa vierzig Ärzte aufsuchen und ihnen von unseren Produkten erzählen. Ich instruiere sie, beschreibe ihnen detailliert eines oder mehrere unserer Produkte, damit sie wissen, wann und wie sie verordnet werden.»

«Es gibt doch eine Menge pharmazeutische Firmen, stimmt's?»

«Sicher. Auch eine Menge Pharma-Vertreter und eine Menge Ärzte. Aber mein Job, besonders für *Lee Labs*, ist einer der besten Jobs auf der Welt, wenn nicht sogar *der* beste. Ich arbeite etwa fünf Stunden die Woche, falls ich überhaupt arbeite, und verdiene mir einen anständigen Lebensunterhalt.»

«Wie schaffen Sie es, vierzig Ärzte in fünf Stunden zu besuchen?»

«Unmöglich. Ich tue einfach so, liefere meinen wöchentlichen Bericht anhand der Informationen in meinen Unterlagen ab. Außerdem telefoniere ich gelegentlich – mit den Sekretärinnen der Ärzte –, um mich zu vergewissern, daß der Arzt nicht inzwischen gestorben ist, seit ich ihn das letzte Mal wirklich aufgesucht habe. Aber wenn ich will, schaffe ich an einem einzigen Nachmittag zehn bis fünfzehn persönliche Besuche. Und wenn ich einen Tag ein Medikamentendisplay in einem Krankenhaus oder einer medizinischen Einrichtung aufstelle, zählt das soviel wie vierzig Hausbesuche in einer ganzen Woche. Aber ich mag meine Arbeit, und ich bin ein richtig guter Vertreter. Die Ärzte tun mir leid, diese armen, überarbeiteten Bastarde, und ich bin gern bereit, ihnen zu helfen.»

«Lassen die Sie immer rein? Einfach so?»

«Die meisten, ja. Es gibt drei Sorten von Ärzten, wissen Sie. Es ist unmöglich für einen Arzt, alles zu lesen, was die Pharmaindustrie über jedes einzelne Medikament veröffentlicht, aber ein paar versuchen's doch. Alle brauchen aber einen Pharma-Vertreter, der ihnen haarklein auseinanderdividiert, was ein Medikament bewirkt, welche Gegenindikationen es gibt und so weiter. Entweder ein Arzt weigert sich, Pharma-Vertreter in seine Praxis zu lassen, und liest die gesamte Literatur selbst. Oder versucht es doch wenigstens. Oder ein anderer Arzt liest nichts, ist dann allerdings völlig auf den Pharma-Vertreter angewiesen, der ihn über Medikamente instruiert. Die dritte Sorte liest weder irgendwas noch empfängt sie Pharma-Vertreter. Und wenn Sie zufälligerweise an so einen Typen als Arzt kommen, dann sind Ihre Überlebenschancen gottverdammt bescheiden.»

«Dann werden Sie also von ihnen empfangen?»

«Von den meisten, ja, aber man kann sich nicht immer gegen ihre Vorurteile oder Unwissenheit durchsetzen. Zum Beispiel könnte ich einen Arzt fragen: ‹Was wissen Sie über Migräne?› In den meisten Fällen wird er antworten, daß Migräne psychosomatische Kopfschmerzen sind und daß man nichts dagegen tun kann. Verstehen Sie, er will nicht zuhören. Er hat schon ein Urteil gefällt. In so einem Fall sagt man ‹Okay› und macht mit etwas anderem weiter. Aber wenn man Glück hat, gerät man an einen intelligenten Arzt, und der sagt dann: ‹Ich weiß absolut nichts über Migräne. Ich habe fünf oder sechs Patienten pro Woche, und ich kann nichts für sie tun.›

Und dann klärt man sie auf. Rein zufällig haben wir ein Produkt, das Migräne-Kopfschmerzen verringert oder sogar ganz unterbindet. Wissen Sie, es passiert einfach folgendes: Eine nervliche Belastung oder irgend etwas, niemand weiß genau, was es ist, bewirkt eine Verengung der Blutgefäße in den Schläfen. So, das ist allerdings keine Migräne, noch nicht wenigstens. Aber diese Adern können nicht sehr lange verengt bleiben, weil man ja Blut in den Kopf bekommen muß. Was also passiert, ist, daß der Blutdruck steigt, und der Betreffende spürt genau, wie seine Migräne kommt. Und dann, urplötzlich, öffnet sich diese verengte Ader und ein großer Blutschwall schießt durch die nun offenen Gefäße, und da haben Sie Ihre Migräne-Kopfschmerzen. Unser Produkt bewirkt, daß die Adern geschlossen bleiben. Schließlich öffnen sie sich, aber ganz allmählich und langsam. Ohne diesen plötzlichen Schwall des freigegebenen Blutes werden die Kopfschmerzen entweder minimiert, oder sie treten erst gar nicht auf.»

«Woher wissen Sie das alles?»

«Nun, in diesem speziellen Fall hatten wir einen zweitägigen Kongreß in Atlanta, auf dem sämtliche Pharma-Vertreter der *Lee Labs* aus dem gesamten Südosten anwesend waren. Wir hatten einen Arzt da, der sein Leben der Migräneforschung gewidmet hat. Er hat uns über den gesamten Komplex informiert, und die Männer der Forschungsabteilung unserer eigenen Firma, die das Medikament entwickelt haben, haben uns mit weiteren Informationen versorgt. Wir haben zwei Filme gesehen, und anschließend gab es eine Diskussion. Dann haben wir uns alle betrunken, herumgebumst und sind in unsere Bezirke zurückgeflogen. Aber der springende Punkt ist doch, einem Arzt, der, sagen wir, vor zehn Jahren sein Studium abgeschlossen hat, hat man beigebracht, daß man gegen Migräne nichts tun kann. ‹Das ist eine psychische Sache›, haben sie ihm gesagt. Also glaubt er das immer noch, und er wird einfach nicht zuhören wollen. Und wenn er keine Fachliteratur liest, und wenn er nicht zuhört, dann wird er einem Patienten, der mit Migräne zu ihm kommt, doch sagen, daß seine Kopfschmerzen nur Einbildung wären. Es ist wirklich eine Schande, wir können solchen Menschen mit unserem Medikament leicht helfen.»

«Ich hatte noch nie Migräne.»

«Ziemlich üble Sache. So was kann Stunden dauern, manchmal sogar Tage. Man fühlt sich ausgesprochen beschissen, und man liegt mit einem feuchten Handtuch auf den Augen in einem völlig abgedunkelten Raum flach. Schließlich verschwinden die Schmerzen wieder, aber wenn der Patient die Vorwarnung spürt, daß eine Migräne im Anmarsch ist – Sie wissen schon, dieser Druck auf den Schläfen und so weiter –, hat er Zeit, unser Produkt zu nehmen und die verfluchte Geschichte zu verhindern – oder doch wenigstens die Wucht des Anfalls zu verringern.»

«Hier», sagte sie, reichte mir die Zigarette. «Nehmen Sie einen Zug. Den Stoff zu teilen gehört zu dem Kick, verstehen Sie.»

Um ihr eine Freude zu machen, nahm ich einen kurzen Zug und gab ihr die Kippe zurück.

Ich hörte jemand ausgelassen rufen und sah, wie sich die Gäste neben der Bar versammelten. Es war Zeit, daß Don seine Geschenke auspackte.

Ich sprach nur selten über meine Arbeit, und wenn, dann auch nicht immer ganz wahrheitsgemäß. Aber bei Jannaire war ich gesprächig geworden und hatte sie damit wahrscheinlich tödlich gelangweilt. Sie schien allerdings interessiert gewesen zu sein, und das Thema *war* interessant – zumindest für mich. Ich wollte, daß sie mich mochte. Sie war eine reife, dreißigjährige Frau, und ich konnte mit ihr ja wohl kaum wie mit jüngeren Frauen über Belanglosigkeiten quatschen. Wie ich da saß, wurde mir außerdem bewußt, daß ich seit meiner Ankunft in Miami mit keiner Frau über fünfundzwanzig ausgegangen war oder mit einer geschlafen hatte. Ich wollte Jannaire küssen. Genaugenommen wollte ich sie vergewaltigen, direkt hier auf dem achten Grün, und doch zögerte ich, meinen Arm um sie zu legen, aus Angst, die Sache zu überstürzen. Mit Jannaire zu reden, vermittelte mir einen völlig anderen Blickwinkel auf ein weibliches Wesen.

«Wollen Sie zuschauen, wie Don seine Geschenke aufmacht?» erkundigte ich mich.

«Nein, eigentlich nicht. Aber ich denke, ich sollte wohl besser. Bislang habe ich weder Gastgeber noch Gastgeberin kennengelernt…»

«Das ist jetzt wirklich nicht der günstigste Augenblick, um sie kennenzulernen. Wie wär's, wenn wir woanders hingingen und uns unterhalten? In meine Wohnung vielleicht?»

Sie lachte. «Anscheinend mögen Sie mich mehr als Larry?»

«Ich verabschiede mich nur noch schnell von Don und gratuliere ihm noch zum Geburtstag. Möchten Sie ihn wirklich kennenlernen?»

«Nein, nicht in diesem Spektakel.»

Und es war allerdings ein Spektakel. Ein Kreis plappernder Körper umringte Don und den mit Geschenken bepackten Spieltisch. Don saß auf einem Stuhl neben dem Tisch, während seine Tochter, die sich darin sonnte, im Mittelpunkt zu stehen, die Geschenke auspackte, immer eins nach dem anderen, und sie ihm zur Begutachtung weitergab. Don las dann laut die Karte vor, und die Gäste lachten oder applaudierten über seine Beute. Clara, einen Bleistift zwischen den Zähnen wie die Kandare eines Pferdes, hatte einen gelben Block in der Hand. Sie notierte den Namen des Schenkenden mit einer verschlüsselten Notiz über das Geschenk und würde dann später nette Dankesschreiben verschicken, die Don als seine eigenen unterschrieb. Es war eine humorlose Angelegenheit.

Ich ging zu Don, legte eine Hand auf seine Schulter. «Herzlichen Glückwunsch zum Geburtstag, Don», sagte ich mit gedämpfter Stimme. «Ich verschwinde jetzt.»

«Was zum Teufel soll das?» sagte er unglücklich. «Eddie ist in Chicago, Larry ist gerade gegangen, und jetzt du auch noch – meine besten Freunde, um Himmels willen!»

Ich grinste. «Sieh nur, mit wem ich gehe, und du verstehst schon... oder nein, besser nicht.»

Ich nickte Clara freundlich zu und lief Jannaire nach, die bereits das Ende der Terrasse erreicht hatte und das Tor im Zaun öffnete, das auf die Straße führte.

6

Während der Fahrt auf dem Dixie Highway zu *Hojo's* klebte ich auf der rechten Spur und fuhr so langsam wie möglich. Ich fragte mich, wieso ich bei den heilenden Eigenschaften von *Mygrote* so übertrieben hatte. *Mygrote* wirkte in mindestens drei von zehn Migränefällen, aber todsicher war es nicht das Allheilmittel, zu dem ich es in meinem Monolog Jannaire gegenüber gemacht hatte. Ich belog Ärzte niemals, was das Produkt betraf, wieso also hatte ich Jannaire diesen Scheiß erzählt? Offensichtlich versuchte ich, ihr zu imponieren, aber ich fing die Sache völlig falsch an. Jannaire war mehr als einfach nur eine weitere Fotze, und ich würde schon eine andere Taktik einschlagen müssen, um bei ihr Eindruck zu schinden, falls es das war, was ich wollte.

«Hören Sie», sagte ich, räusperte mich, als wir auf dem Sunset Drive vor einer roten Ampel hielten. «Ich habe für morgen abend zwei Karten für das *Player's Theater*. Ein Stück von Pinter, *Die Heimkehr*. Vielleicht hätten Sie Lust mitzugehen.»

«Ja, sehr gern. Aber nicht, wenn Sie's Larry Dolman erzählen.»

«Was soll ich ihm erzählen?»

«Daß Sie sich mit mir verabredet haben, und daß ich an *Electro-Date* beteiligt bin.»

«Und warum nicht?»

«Zum einen arbeitet er für *National Security*, und ich will nicht, daß diese Schnüffler etwas über meine geschäftlichen Aktivitäten wissen. Zum anderen habe ich schon Larrys nächste Verabredung ausgewählt, und ich will nicht, daß er ahnt, ich hätte etwas damit zu tun, verstehen Sie. Ich habe so das Gefühl, daß er unangenehm werden könnte, wenn er sauer auf jemanden ist.»

«Könnte er, ja. Ich rate Ihnen, bei ihm keine krummen Touren zu versuchen.»

«Oh, das werde ich nicht.» Sie lachte. «Die Nummer wird allein sein Problem sein, nicht meines.»

«Ich werde Larry nichts verraten. Aber wenn wir zusammen ins Theater gehen, wird das unser erstes Rendezvous sein, Jannaire. Nach meinem Plan werde ich Sie, nachdem ich Sie überzeugt habe, wie nett und charmant ich bin, ins Bett kriegen. Wenigstens letzten Endes. Aber ich will nichts überstürzen.»

«Eine Frau bewundert Offenheit, Hank, aber Sie sind schrecklich ungehobelt.»

«Nein, nicht ungehobelt», lachte ich. «Einfach nur direkt.»

Ich fuhr auf den Parkplatz von *Hojo's*. Sie beugte sich zu mir, gab mir einen Kuß auf den Mund, knallte ihre feuchte, heiße Zunge gegen meine Zähne. Eine Sekunde lang spürte ich die Flammen ihres Hochofenatems, und bevor ich kapierte, was eigentlich passierte, war sie auch schon ausgestiegen.

«Wir treffen uns vor dem Theater», sagte sie, winkte und stieg in ihren silbergrauen Porsche. Als sie aus der Parklücke zurücksetzte, bemerkte ich, daß der kleine Wagen verbeulte vordere Kotflügel hatte.

*

Es war einfach unmöglich zu erkennen, daß Jannaire verheiratet war. Eine verheiratete Frau kann nicht problemlos zwei Abende hintereinander ausgehen. Sie hatte mit Larry Dons Geburtstagsparty besucht und ging am nächsten Abend mit mir ins Theater. Zwei Abende später trafen wir uns zum Cocktail und Dinner im *Top of the Columbus* in der Innenstadt. Die folgende Woche aß ich zweimal mit ihr zu Mittag, einmal in *Marylou's Soul House* und einmal im *La Vista*. Beide Treffen waren kurz, dauerten keine anderthalb Stunden, aber sie kam pünktlich und mußte wegen irgendwelcher Geschäftstermine schnell wieder gehen.

Meine Arbeitszeit, die wenigen Stunden, die ich jede Woche einschob, gestaltete sich flexibel, doch Jannaire war immer mit ihrer Boutique (der *bahh! «Cutique»*), ihren Immobilien, ihrem Kleiderentwerfen, ihren Kunden, ihrem Haushalt und Ehemann beschäftigt. Aber ich vermutete kein einziges Mal, daß sie verheiratet oder überhaupt je verheiratet *gewesen* war.

Der Beweis jedoch, oder der Hinweis, war immer da. Aber ich hatte, in meiner Vernarrtheit, meiner Frustration – und es gab Augenblicke, an denen mich ihr spezieller Geruch vor Verlangen fast wahnsinnig machte – versäumt, den offensichtlichen Beweis zu erkennen.

Immer traf sie sich irgendwo mit mir, und immer fuhr sie allein nach Hause. Nie hatte ich sie in ihrer Wohnung abgeholt, und nie bot sich mir die Gelegenheit, sie nach Hause zu fahren. Angesichts der Zahl der Verabredungen, die wir über einen Zeitraum von sechs Wochen einschoben – alles in allem vielleicht sechzehn –, hätte ich *irgendwas* ahnen müssen.

Das Problem war ganz einfach, ich versuchte sie immer in meine Wohnung zu manövrieren. Ich hatte mich nie darauf konzentriert, sie allein in ihrer Wohnung zu erwischen, weil sie gesagt hatte, ihre Tante aus Cleveland wäre über die Feiertage zu Besuch. Diesen Hausgast hatte sie schon sehr früh eingeführt, und ich hatte die Tante als Tatsache der Koexistenz hingenommen. Dann und wann mußte Jannaire eine Verabredung absagen, weil sie das eine oder andere mit ihrer Tante unternahm. Das war wieder so eine seltsame Sache: Wieso hat sie mir ihre private Telefonnummer gegeben? Ich hatte keine Geschichte parat, um einem eifersüchtigen Ehemann zu erklären, wieso ich seine Frau anrief. Es machte mir natürlich nichts aus, mit einer verheirateten Frau auszugehen, aber mit ihr in Miami rumzuziehen, in öffentliche Lokale zu gehen (ich war mit ihr sogar im *The Mutiny* gewesen, dem Privatclub an der Sailboat Bay), könnte das Leben eines Mannes in ernste Gefahr bringen – und *hatte* es dann tatsächlich auch.

Abgesehen von dem einzelnen, schnellen erotischen Kuß, den ich zum Abschied bekam – nie zur Begrüßung –, ein Kuß, der immer alles versprach und nichts hielt, war ich bei Jannaire auch nach sechs Wochen mit meinen Verführungskünsten nicht weitergekommen als an diesem ersten Abend auf Dons Party. Ein paarmal hatte ich im Auto ihre Brüste mit der Hand berührt, sie waren so fest wie geballte Fäuste. Aber das war's dann auch schon. Wenn ich ihr sagte, daß ich mit ihr ins Bett wollte, was ich bei jeder Verabredung zwei- oder dreimal tat, lächelte sie nur und wechselte das Thema oder lächelte und stellte mir Fragen über mich. Was zur Folge hatte, daß Jannaire eine ganze Menge über mich erfuhr, ich aber nur sehr wenig über sie.

Ich war noch nie verliebt. Eigentlich bin ich nicht mal sicher, ob ich überhaupt weiß, was Liebe ist, oder ob ich's merken würde, wenn's mir denn doch mal passieren sollte. Und ich war nicht, in dem Sinn, in dem das Wort normalerweise benutzt wird, in Jannaire verliebt. Im Grunde wollte ich von Jannaire nur eines, nämlich sie bumsen und bumsen und bumsen, und das war alles. Aber dieses «alles» wurde langsam zur Besessenheit.

Es war Sonntag morgen.

Samstag abend spielten Eddie Miller und ich im *White Shark* Pool und knallten uns ein paar Bier rein. Der Laden war voll, und es war nicht leicht, überhaupt an den Pooltisch ranzukommen. Als wir ihn dann endlich hatten und an der Reihe waren, die Sieger herauszufordern, konnten wir den Tisch halten, aber bei unserer letzten Partie spielten wir gegen einen alten Mann und Sadie. Sadie – ihr gehört das *White Shark* und sie arbeitet auch hinter der Theke (im *White Shark* gibt's nur Bier und Wein) – mußte das Spiel immer wieder unterbrechen, um Gäste zu bedienen, und zwar meistens dann, wenn sie an der Reihe war. Der alte Mann ließ sich bei seinen Stößen unerträglich lange Zeit, und die einzige Partie Achter-Pool, die wir mit Sadie und dem alten Mann spielten, zog sich fast über eine Stunde hin. Eddie beschloß aufzugeben.

Zwei- oder dreimal hatte Eddie – den irgendwas zu beschäftigen schien – im Verlauf des Abends versucht, mir zu erzählen, was ihn bedrückte, doch dann überlegte er es sich jedesmal wieder anders.

Ich wußte, oder glaubte wenigstens zu wissen, was ihm zu schaffen machte. Er lebte immer noch, stur gegen den ausdrücklichen Rat von Larry, Don und mir, mit der reichen Witwe in Miami Springs zusammen, und jetzt hatte er herausgefunden, so vermutete ich, daß er einen Fehler gemacht hatte. Die Frau, immer noch ziemlich attraktiv, mit einer guten, wenn auch recht üppigen Figur, war fast doppelt so alt wie Eddie, und sie hielt ihn zweifellos fest unterm Pantoffel. Er wollte darüber reden, doch die Sache war ihm zu peinlich. Unter gar keinen Umständen wäre ich ihm mit einem «Ich hab's dir ja gesagt» gekommen, und Eddie kannte mich gut genug, um das auch zu wissen, aber trotzdem wollte er nicht über seine Probleme reden. Ich drängte ihn nicht. Am Ende würde er ja doch mit der Sprache rausrükken, was auch immer es war, und ich würde ihm so gut ich konnte helfen.

Um elf Uhr verließen wir das *White Shark*, um nach Hause zu fahren – Eddie zu seiner Witwe in Miami Springs, ich allein ins *Dade Towers*. Als wir noch einen Moment auf dem Parkplatz standen, um in tiefen Zügen die frische, feuchte Luft einzuatmen, gab er mir ein gefaltetes Blatt Papier.

«Was ist das?» fragte ich.

«Steck's jetzt einfach nur ein», sagte Eddie. «Erinnerst du dich noch an dieses Spiel, das wir mal gemacht haben? An dem Abend, an dem wir dir eine Liste von allem machen sollten, was wir in unseren Brieftaschen hatten? Und dann hast du jeden von uns anhand der Listen psychologisch analysiert...»

«Klar erinnere ich mich daran. Aber soweit es dich und Larry betraf, war es wirklich nicht fair. Ich kannte euch beide schon viel zu gut. Aber bei den Mädchen habe ich ziemlich richtig gelegen, fand ich.»

«Ja, fand ich auch. Ich weiß nicht, wie du's gemacht hast, aber diese kleine Maus, die ich damals hatte, das Playboy-Häschen, wurde kreidebleich, als du mit ihrem Vater angefangen hast...»

«Ich kann dir erklären, wie ich darauf gekommen bin. Was sie...»

«Ich will keine Erklärung, Hank. Wir haben damals alle gelacht, und du hast selbst gesagt, daß es ungenau wäre, aber ich war ziemlich beeindruckt. Ich hab dir das nie gesagt, Hank, aber so war's. Ich war wirklich tief beeindruckt.»

«Es ist kein Trick, Eddie. Eine *gewisse* Berechtigung hat die Analyse schon, aber, um Himmels willen, es ist viel zu allgemein, um wirklich schlüssig zu sein. Über Larrys Mädchen, die pummelige Brünette, konnte ich ganz klar sagen, daß sie eine miese Autofahrerin war, und sie hat gewußt, daß sie eine miese Autofahrerin war, weil sie sämtliche alten Führerscheine in ihrer Brieftasche hatte. Sie hat alle behalten, auch als sie ihren neuen und aktuellen Lappen bekommen hat. Und wenn ich mich recht entsinne, hat sie selbst zugegeben, daß ich recht hatte. Sie meinte, daß sie eigentlich keinen Führerschein haben dürfte, aber sie würde sich sicherer fühlen, so viele wie möglich zu besitzen.»

«Das war trotzdem messerscharf richtig. Diese Analyse hat mich tief beeindruckt.»

«Verdammt, Eddie, du hättest genau den gleichen Kommentar abgeben können. Ein reiner Zufallstreffer. Sie hätte auch nur ihren gültigen Führerschein dabei haben können, und ich wäre nie drauf gekommen, daß sie eine miese Autofahrerin war – oder daß sie sich selbst dafür hielt. Tatsächlich war sie sogar eine ziemlich gute Fahrerin. Wie sie selbst gesagt hat, hatte sie nie einen Unfall. Wenn mehr Leute sich für lausige Autofahrer halten und entsprechend vorsichtiger fahren würden, gäbe es weniger Unfälle.»

«Ich weiß, ich weiß. Aber darum geht's nicht. Was ich dir da gegeben habe, ist eine Liste von der Scheiße, die Gladys mit sich rumschleppt. In ihrer Brieftasche und auch in ihrer Handtasche. Und ich möchte dich um den Gefallen bitten – ich mache das wirklich nur sehr ungern, Hank –, dir das Ding mal anzusehen und Gladys zu analysieren.»

«Gibt's noch irgendwas, das du mir über das Problem erzählen möchtest, Ed? Ich meine, wenn's irgendwas Konkreteres gibt, könnte ich es besser machen, auch wenn ich nicht wirklich beweisen kann, was für eine Frau sie ist.»

«Nein, es gibt nichts Konkreteres, über das ich mich auslassen will. Ich glaube, ich weiß, was für eine Frau sie ist. Außerdem will ich dich nicht beeinflussen. Ich will, daß du objektiv bist, so objektiv wie nur möglich, so als wäre Gladys eine Fremde, du weißt schon. Ich weiß ja, daß du sie nicht magst...»

«Ich habe nie gesagt, daß ich sie nicht mag.»

«Ja, ich weiß, daß du das nicht gesagt hast. Aber ich will trotzdem, daß du objektiv bist.» Eddie schaute fort und zog eine krumpelige *Lucky Strike* aus einem zusammengedrückten Päckchen. Das war ein sicheres Zeichen, daß er nervös war. Zu meinem Neid rauchte Eddie nur ein Päckchen *Luckies* pro Woche. Dieses Päckchen war dann am Ende der Woche total zerknüllt und zerfleddert, weil er es immer mit sich herumschleppte. Manchmal vergingen zwei Tage, ohne daß er auch nur daran dachte, eine Zigarette zu rauchen. Ich qualmte zwei Päckchen am Tag, und wenn ich abends ausging, schaffte ich oft auch noch das dritte. Als er sich jetzt also eine *Lucky* ansteckte, lag es auf der Hand, daß sein Problem ihn ganz schön mitnahm.

«Neulich abends ist mir deine alte Party-Nummer wieder eingefallen, und da hab ich beschlossen, es einfach mal zu versuchen», sagte Eddie. «Bei Gladys, allerdings ohne daß sie davon weiß. Als sie heute morgen mit der Schmutzwäsche in den Waschraum gegangen ist, habe ich mir ihre Handtasche geschnappt und diese Bestandsaufnahme gemacht – die ich dir vorhin gegeben habe.» Er bekam einen roten Kopf und nahm einen tiefen Zug an seiner *Lucky*. «Ich habe schon selbst was über sie herausgefunden, das ich bislang nicht wußte. Sie ist siebenundvierzig, nicht fünfundvierzig. Sie hat mich belogen, Hank. Mir hat sie gesagt, sie wäre erst fünfundvierzig. Aber es steht in ihrem Führerschein, ihr Alter, ich meine, siebenundvierzig.»

Ich nickte. «Könnte sein, daß sie sogar noch älter ist», sagte ich. «Vielleicht hat sie ja auch die Highway Patrol belogen. Eine Frau, die ihren Lover anlügt, zögert keine Sekunde, der Highway Patrol eine Unwahrheit aufzutischen.»

«Jesus, Hank! Hör auf, okay? Schon schlimm genug, daß sie siebenundvierzig ist, du mußt sie nicht auch noch fünfzig machen. Um Himmels willen!»

«Ich habe nicht gesagt, daß sie fünfzig ist. Ich habe nur gesagt, daß sie auf ihrem Führerschein durchaus noch ein paar Jährchen abgezogen haben könnte. Die Möglichkeit besteht doch, oder?»

«Ich habe dich gebeten, objektiv zu sein, Hank.»

«Ich bin objektiv. Genau darum geht's doch bei einer psychologischen Analyse, etwas muß aus allen möglichen Perspektiven betrachtet werden. Ein Gutachten über den Inhalt einer Brieftasche anzustellen ist durchaus kein Problem, Eddie. Zufälligerweise hatten wir auf der Michigan diesen Professor, einen gewissen Harry Stack Sullivanite. Er hat uns beigebracht, wie man auf schnellem Weg zum Erfolg kommt. Wir haben dieses Spiel im Seminar abgezogen, und es hat einen Mordsspaß gemacht, weil es so verdammt halbgar und unausgegoren war. Meine Analysen klappen deshalb so gut, weil ich es als Psychologe bei der *Pittsburgh Recruiting Station* wieder angewendet habe. Wenn mir zum Beispiel ein Wehrpflichtiger erzählt hat, er sei schwul, und ich daraufhin einen Blick in seine Brieftasche warf und ein paar Kondome, ein Bild von seiner Freundin und ungefähr fünf Zettel mit den Namen und Telefonnummern von Mädchen fand, dann sprachen die Beweise gegen seine Behauptung. Es hat auch anders herum funktioniert, bei Schwulen, die behaupteten, sie wären nicht schwul, Schwule, die unbedingt in die Army wollten. Ich erinnere mich noch gut an einen schwulen Mistkerl ...»

«Hör zu, Hank, geh die Liste einfach mal für mich durch, die Liste, die ich dir gegeben habe, und sieh zu, was du damit anfangen kannst. Es könnte mir wirklich helfen. Okay?»

«Ich mach's gleich morgen.»

«Es hat keine Eile, Mann. Nächste Woche, übernächste Woche – ist mir scheißegal, wann. Okay?»

«Klar, Eddie. Ich rufe dich an.»

«Tut mir leid, Hank. Ich hab in letzter Zeit ziemlich viel um die Ohren. Und dieser alte Mann heute abend hat mich absolut auf die beschissene Palme gebracht.»

«Wir hätten ins Kino gehen sollen. Das *White Shark* ist Samstag abends einfach zu voll.»

«Einen Film lang hätte ich unmöglich still sitzen können. Gute Nacht, Hank.»

Nachdem ich am Sonntag morgen meine Verkaufsberichte getippt hatte und sie am nächsten Tag in die Post nach Atlanta geben konnte, nahm ich mir die Bestandsaufnahme von Gladys Wilsons Handtasche vor. Gerade als ich das Blatt auseinanderfaltete, ein großes, gelbes Blatt, klingelte das Telefon.

Es war Jannaire. Der Anruf kam völlig unerwartet, weil sie mir gesagt hatte, sie wäre das Wochenende über mit ihrer Tante in Palm Beach.

«Meine Tante ist auch nach Palm Beach gefahren, Hank, aber ich habe sie gestern nachmittag kurz vor der Abfahrt gebeten, auf meine Gesellschaft zu verzichten. Gestern abend habe ich noch versucht, dich anzurufen, aber du bist nicht ans Telefon gegangen.»

«Ich war Pool spielen, gegen halb zwölf aber wieder zurück, Baby.»

«Ich glaube, ich habe so gegen neun angerufen.»

«Du hast gesagt, du würdest nach Palm Beach fahren, also...»

«Ich weiß. Aber ich habe mich gestern abend unheimlich einsam gefühlt. Hast du keine Lust, heute nachmittag kurz rüberzukommen – gegen halb eins oder so. Ich mache uns dann einen Brunch. Hast du schon gefrühstückt oder ißt du immer noch nur eine Mahlzeit am Tag?»

«Ich habe nur ein paar Tassen Kaffee getrunken. Ich bin genau um zwölf Uhr neunundzwanzig bei dir. Soll ich was mitbringen?»

«Nur dich. Park bitte auf der Straße, nicht in der Einfahrt. Das ist die Vereinbarung, die ich mit meinen Nachbarn getroffen habe. Einen Monat benutzen sie die Einfahrt, ich benutze sie im nächsten. Und diesen Monat parken sie in der Einfahrt. Meine Adresse hast du?»

«Deine Adresse und deine Telefonnummer.»

«Klingel zweimal, damit ich weiß, daß du es bist.»

Mein Herz klopfte etwas schneller, als ich den Hörer auflegte. Dann hat sich meine Geduld also schließlich doch noch gelohnt, dachte ich. Ohne einen Blick darauf geworfen zu haben, faltete ich Eddies Liste wieder zusammen und warf sie in den Papierkorb. Eddies Probleme waren wahrscheinlich sowieso unlösbar.

Mir blieb noch eine gute Stunde, um mich zu rasieren, zu duschen, die richtigen Klamotten auszusuchen und mich auf das vorzubereiten, was zum tollsten Nachmittag im Bett aller Zeiten werden würde.

7

Jannaire wohnte in einem zweistöckigen Doppelhaus an der LeJeune in Coral Gables. Ihre Wohnung lag in der oberen Etage. Ein Vorgarten existierte praktisch nicht, und Garagen gab es auch keine. Die Nachbarn der unteren Wohnung, wer auch immer sie waren, hatten ihre zwei Wagen in der kurzen, halbkreisförmigen Zufahrt abgestellt.

Als sie mir am Telefon sagte, ich solle auf der Straße parken, hatte ich nicht daran gedacht, daß man nirgendwo auf der LeJeune in Gables parken durfte. Die LeJeune ist die vierspurige Hauptverkehrsader, die von Coral Gables zum Flughafen führt, deshalb ist das Parken sinnvollerweise verboten. Ich fuhr um die nächste Ecke und stellte den Wagen auf dem Santa Monica ab, halb versteckt von einem riesigen Haufen leise vor sich hin verrottender Vegetation, der schon vor Wochen hätte abgeholt werden sollen.

Ich klingelte zweimal, und Jannaire drückte mir die Tür auf. Die Treppe genau in der Mitte des Doppelhauses war steil, und während ich hinaufging, fragte ich mich, welche Auswirkung dieser architektonische Horror auf die unglücklichen Leute hatte, die in der unteren Wohnung leben mußten, wo doch dieser große schräge Keil ihr Wohnzimmer in der Mitte zerteilte. Natürlich vollbringen Architekten in Miami schreckliche Dinge wie dieses, um auch auf kleinen Grundstücken maximale Wohnfläche zu erreichen, aber Jannaire hatte mit ihrer oberen Wohnung ganz sicher das bessere Geschäft gemacht.

Jannaire trug ein kurzes Nachthemd und ein knöchellanges, durchsichtiges Negligé, beides meergrün. Ihr langes braunes Haar wurde von einem seidenen, meergrünen Stirnband zurückgehalten. Sie hatte kein Make-up aufgelegt, nicht mal den dezenten, rosa Lippenstift, den sie sonst zur Arbeit trug, und ihr bemerkenswerter Duft, der mich – vielleicht wegen der Farben ihrer Kleidung – an das *Seaquarium* zur Mittagszeit erinnerte, schlug mir entgegen und stach in meine Nase wie Riechsalz.

Doch nicht etwa meine Augen begannen zu tränen, sondern mir lief das Wasser im Mund zusammen, und ich spürte die nachdrückliche Regung einer Erektion. Das dunkle Gewirr des tintenschwarzen Schamhaares war ein unregelmäßiger Schatten, deutlich sichtbar unter den dünnen Stoffen des Nachthemdes und Negligés.

Sie küßte in die Luft, nicht mich, ließ zwei Finger leicht über meine Wange gleiten und sagte, ich solle mich setzen. Ich ließ mich auf der langen, weißen Couch nieder und nahm zwei schnelle Atemzüge der klimatisierten Luft, als sie in die Küche ging, um den Kaffee zu holen.

Der Raum war häßlich mit zu großen Möbeln der Hotel-Lobby-Sorte eingerichtet. An der einen limonengrünen Wand hingen zwei Magritte-Lithos und ein Amateur-Aquarell mit der Skyline von Miami Beach an der anderen. Auf der dritten Wand, tapeziert mit einer silbernen Tapete mit dünnen weißen Streifen, hing ein vergrößertes Foto von Jannaire, als sie ungefähr neun oder zehn Jahre alt gewesen sein mußte. Die Vergrößerung, etwa neunzig mal einszwanzig groß, steckte in einem glänzenden Chromrahmen. Die Schwarzweißaufnahme interessierte mich, während die restliche Einrichtung lediglich Jannaires Vorliebe für Unpersönlichkeit erkennen ließ. Mit Ausnahme des vergrößerten Fotos und vielleicht der beiden Magrittes, hätte alles übrige in diesem Zimmer wunderbar in die Lobby jedes x-beliebigen Strand-Motels nördlich von Bal Harbor gepaßt. Es gab sogar zwei Acryl-Standaschenbecher, auf denen sich kleine, mit Sand gefüllte Metallschalen befanden. Ich bemerkte weder Bücher noch Zeitschriften, und zwei schlaff hängende Farne in braunen Umtöpfen sahen aus, als hätte seit Monaten niemand mehr mit ihnen geredet.

Ich musterte das vergrößerte Foto etwas genauer, war überrascht, daß sich ein so pummeliges und unattraktives Kind, das in die helle Sonne blinzelte (der Schatten des männlichen Fotografen – wahrscheinlich ihr Vater – fiel schräg über den Rasen im Bildvordergrund), in eine so schöne Frau verwandeln konnte.

Einen Moment lang erinnerte mich das Foto an Dons Tochter Marie, und ich schüttelte mich. Allerdings heiterte mich die Vorstellung auf, daß Marie eine ähnliche Zukunft bevorstehen könnte. Vielleicht würde ja auch Marie eines Tages eine schöne Frau werden, und Don zuliebe hoffte ich es.

Jannaire kam mit dem Kaffee und stellte das Silberservice auf den gläsernen Couchtisch. Ich trank meinen Kaffee schwarz, obwohl ich es haßte, und deutete auf die Vergrößerung.

«Was ist bloß in dich gefahren, Jannaire», sagte ich, «diesen Schnappschuß von dir auch noch zu vergrößern?»

«Woher weißt du, daß ich es bin? Sehe ich so aus?»

«Nein, heute nicht mehr. Aber du bist es doch, oder?»

«Nein, ich bin's nicht. Es ist meine jüngere Schwester. Sie ist tot, und es war das einzige Foto, das ich von ihr hatte. Sie hatte natürlich noch andere...» – sie zuckte mit den Achseln und verzog ihre Lippen zu einer traurigen Grimasse – «...aber sie hat den größten Teil ihrer persönlichen Dinge verbrannt, bevor sie sich umbrachte.»

«Tut mir leid», sagte ich. «Es ist immer traurig, wenn ein Kind Selbstmord begeht...»

«Sie war kein Kind mehr, als sie gestorben ist. Sie war zweiundzwanzig.»

«Das macht es nur noch schlimmer», sagte ich.

Jannaire starrte mich einen langen Augenblick mit ihren funkelnden, ockerfarbenen Augen an, schüttelte sich dann kaum merklich und sagte: «Ja, das ist es. So, und was hättest du jetzt gern zum Brunch?»

«Gibt's eine Speisekarte?»

«Nein, aber wenn du mir sagst, was du haben willst, werde ich dir sagen, was du haben kannst.»

«Dann nehme ich dich.»

«Rühreier? Speck? Schinken?»

«Nein. Hüttenkäse mit Grapefruit-Schnitzen, zwei Vier-Minuten-Eier, gebackene Aubergine und ein Null-Komma-zwei-Glas *V-8*-Gemüsesaft.»

«Du bist nicht besonders wählerisch, hmh?»

«Nur, wenn ich dich haben kann. Im Ernst, das ist immer so, wenn ich pro Tag nur eine Mahlzeit zu mir nehme. Bei dieser Diät esse ich lieber Sachen, die ich nicht mag, denn dann komme ich gar nicht erst in Versuchung, später am Tag noch mehr von dem Zeug zu essen. Und ich nehme auch noch einen *St. James* mit Soda.»

«Du kriegst einen *Chivas*, und statt Aubergine gebackene Gemüsebanane, ansonsten bekommst du das Frühstück, das du bestellt hast.»

«Gut! Gemüsebananen hasse ich sogar noch mehr als Auberginen, aber es soll ja auch nur sättigen.»

Das war der Anfang eines höchst merkwürdigen Nachmittages.

Ich konnte einfach nicht glauben, daß Jannaire *nicht* von mir verführt werden wollte. Ich versuchte alles, was mir einfiel, ohne jedoch etwas zu erreichen. Nachdem ich das fade, wenig verlokkende Frühstück allein runtergewürgt hatte, weil sie entweder schon gegessen hatte oder es doch wenigstens behauptete, trank ich noch zwei weitere Scotch, wechselte zu Bier, als ich den Alkohol zu spüren begann, und redete und redete. Ich packte sie, ich küßte sie – und sie zog sich von mir zurück. Einmal lief ich ihr nach und bekam von hinten eine Hand zwischen ihre Schenkel, aber sie entwischte mir geschickt, flüchtete in das nach hinten liegende Schlafzimmer und schloß die Tür ab. Da blieb sie dann fast eine ganze Stunde, während ich zwei weitere Bier trank, und sie sagte, sie würde nicht rauskommen, bis ich ihr versprach, sie in Ruhe zu lassen. Widerwillig tat ich ihr den Gefallen, und sie kam raus – diesmal vollständig bekleidet in einem ihrer Hosenanzüge.

Ich schmollte, war sauer und gleichzeitig verblüfft. Dieses Spiel kann auf mehrere Arten gespielt werden, und es gibt gewisse ungeschriebene Regeln, die befolgt werden müssen. Es gibt Varianten der Regeln, die das Spiel interessanter machen, aber letzten Endes kristallisieren sich so oder so doch zuverlässige Muster heraus, sozusagen eine Reihe von Hinweisen, und das Spiel wird entweder gewonnen oder verloren. Ich habe mehr Spiele gewonnen als verloren, weil ich die Nuancen besser geübt und die verschiedenen Blickwinkel ein wenig aufmerksamer studiert hatte, als es die meisten Männer zu tun bereit sind. Soweit es Jannaire betraf, bestand das erkennbare Muster in der alten Hinhalte-Taktik. Indem sie Miss Rühr-mich-nicht-an spielte und doch immer mit der Moschus-Karotte wedelte, hatte ich schon zu einem sehr frühen Zeitpunkt unserer Bekanntschaft das klassische Muster ihres Spiels erkannt.

Sie hatte mich wegen eines Rendezvous, oder eines Treffens, fast genauso oft angerufen wie ich sie. Außerdem hatte sie, wenn wir uns in einer Bar oder einem Restaurant trafen, immer eine Hälfte der Rechnung bezahlt und damit ihre Unabhängigkeit klargestellt. Ich hatte nichts dagegen. Noch vor fünf Jahren war es eine Seltenheit, wenn man sich die Rechnung teilte, aber während der letzten Jahre ist es meistens so gewesen – oder es wird zumindest oft *angeboten*, eine Hälfte zu zahlen. Es kommt nun darauf an, einzuschätzen, ob das Angebot der Frau ernst gemeint ist oder nur eine halbherzige Geste, um wenigstens den *Schein* von Unabhängigkeit zu wahren. War es letzteres und man lag mit seiner Vermutung daneben, nahm das angebotene Geld an, konnte man schnell das Mädchen und das Spiel verlieren. Aber bei Jannaire bestand gar kein Zweifel. Sie nahm die Rechnung vom Tisch, setzte ihre Lesebrille auf, addierte alles schweigend und gab mir dann die Summe für das, was sie bestellt hatte. Natürlich teilte sie nicht auch noch das Trinkgeld, und was das betraf, bewunderte ich ihr Einfühlungsvermögen. Falls Frauen überhaupt Trinkgeld geben, und die meisten Frauen hassen es von ganzem Herzen, einen Tip liegenzulassen, dann ist es immer zuwenig – besonders wenn sie in Miami leben –, während Männer wie ich, die dazu neigen, mit besonderen Verabredungen in gewisse Lokale zurückzukehren, in der Regel zuviel Trinkgeld geben. Zuviel Trinkgeld zu geben ist einer meiner Fehler, aber ich mach's gern, weil ich es mir leisten kann. Weil sie sich aus der Trinkgeldfrage völlig heraushielt, konnte Jannaire ihre Unabhängigkeit und gleichzeitig ihre Weiblichkeit unter Beweis stellen.

Sie war eine reife Frau und sich sehr wohl ihres Körpers bewußt. Neunundzwanzig hatte Jannaire ja schon zugegeben, daher bezweifle ich, daß sie viel älter als einunddreißig war. Sie war schön genug, um wählerisch zu sein. Auf jeden Mann, den sie durch ihren erdigen Körpergeruch und ihre Achselbehaarung abstieß – und letzteres stellte sie deutlich zur Schau, indem sie ärmellose Tops trug und in Lokalen ihre Kostümjacke auszog –, kam ein anderer Mann, den sie wie mich antörnte und der fasziniert war vom Exzentrischen, Exotischen, Ungewöhnlichen, dem noch Unversuchten. Sergeant Weber, mein Unteroffizier in der *Pittsburgh Recruiting Station*, hatte erzählt, wie sexy üppig wuchernde Achselbehaarung während des Zweiten Weltkrieges in Italien auf ihn und viele andere GIs wirkte, nachdem sie den anfänglichen Schock erst mal überwunden hatten. Und es *war* sexy. Jannaire war eine Frau, die einen Mann erst richtig kennenlernen wollte, bevor sie mit ihm auf die Matratze stieg. Sie mußte sich nicht in ihn verlieben oder auch nur so tun, als hätte sie sich in ihn verliebt, aber sympathisch mußte sie ihn schon finden, und die einzige Möglichkeit herauszufinden, ob sie ihn mochte oder nicht, bestand darin, ihn ziemlich gut kennenzulernen. Als mir das erst mal klargeworden war, sorgte ich bewußt dafür, daß sie mich mochte.

Ich glaubte an meinen Erfolg. Bei jeder sich bietenden Gelegenheit hatte ich meine Masche abgezogen, aber immer sehr dezent und ohne jede aggressive Verkaufstaktik. Ihre Zurückweisungen waren nie ausgesprochene Ablehnungen gewesen; sie wechselte lediglich das Thema oder lächelte wortlos. Es war die alte Hinhaltetaktik, ein Spiel, das ich kannte, ein Spiel, das zu spielen ich bereit war.

Immerhin sprachen auch noch einige andere Dinge für mich, und ich konnte genauso lange warten wie sie, vielleicht sogar noch länger – sofern sie nicht beschloß, mich doch unsympathisch zu finden. Durch das Hinauszögern würde ich es noch viel bewußter genießen, wenn ich sie endlich im Bett hatte. Falls ich auf lange Sicht doch verlor, bot mir das Wissen einen ziemlichen Trost, daß das Verhältnis der Frauen zu Männern in Miami – wie ich Larry erinnert hatte – immer noch sieben zu eins war.

Aber hier war ich, an einem Sonntag, dem großen Zahltag – und der Nachmittag war sinnlos verplempert worden. Was war hier eigentlich los? Die Einladung zum Brunch, das kurze Nachthemd, das offenherzige Dekolleté fester, unbehinderter Brüste auf der anderen Seite des Tisches, während ich mir das geschmacklose Essen hineinstopfte – Zeit und Ort stimmten... und dann dieses An-der-Nase-Herumführen.

Ich schmollte in dem tiefen Ledersessel vor der weißen Couch und funkelte sie schweigend an, als sie sich mir gegenüber setzte und mich ansah. Sie hatte ihr bronzefarbenes Haar gekämmt oder gebürstet, wie ich vermutete, und es wirkte jetzt voller, wo es ihre Schultern berührte. Ihr verführerischer Moschusduft war durch die Kleidung schwächer, und ihre frisch geschminkten Lippen, spielkartenrot, waren farblich auf die unechte Perlenkette – so groß wie Murmeln – abgestimmt, die sie um den Hals trug.

Ich hörte auf zu schmollen und versuchte, ein Minimum an Würde zu wahren, knöpfte mein geblümtes Hemd zu, gähnte und reckte mich.

Ich beschloß, daß Jannaire ein hoffnungsloser Fall war. Es machte mir weniger aus zu verlieren, als nicht zu wissen, warum. Obwohl ich gehen wollte, interessierte mich immer noch der Grund für ihre Zurückweisung. Außerdem fühlte ich mich nach den beiden Scotch und den sechs Dosen Bier leicht träge, und ich spürte Kopfschmerzen heraufziehen.

Sie schaute auf die Uhr.

«Die Humphrey Bogart-Retrospektive fängt in ein paar Minuten an. Hast du Lust auf Fernsehen?»

Ich lachte. «Welchen Film gibt's denn?»

«Vor verschlossenen Türen.»

«In dem spielt er aber nicht Bogey.»

«Wir könnten auch Dame spielen.»

«Das machen wir doch schon den ganzen Nachmittag.»

«Wenn du willst, kannst du ruhig wieder schmollen. Ich find's schon irgendwie süß, wie du deine Oberlippe schürzen kannst, ohne dabei die Unterlippe zu bewegen. Wo hast du das gelernt?»

«Das hab ich mir angeeignet, als ich mich in der neunten Klasse mit Mädchen rumgetrieben habe, die die Jungs bis zum Gehtnichtmehr anmachten und sie dann nicht ranließen. Ich dachte, ich hätte's vergessen, aber dann ist's mir wieder eingefallen, wie man das macht, als ich den ganzen Nachmittag hinter dir hergerannt bin. Wo hast du denn so ein gutes Damespiel gelernt?»

«Wie heißt noch gleich der Film, in dem Bogey sich von einem plastischen Chirurgen das Gesicht operieren läßt, und als dann die Verbände runterkommen, sieht er genau aus wie Bogey.»

«Hast du schon mal *The Chessmen of Mars* von Edgar Rice Burroughs gelesen?»

«Nein, aber ich kenne *Tarzan at the Earth Score.*»

«Da hast du was durcheinandergebracht. Als Kind hast du deine Mutter wahrscheinlich auch nach *a napple* gefragt.»

«Hab ich nicht.»

«Wieso hebst du am Ende jedes Satzes eigentlich immer die Stimme? ‹Hab ich *nicht*?›»

«Klinge ich so für dich?»

«Nein, eigentlich nicht. Das leichte Stocken in der Mitte kriege ich nicht ganz hin.»

«Du bist wirklich sauer, Hank, stimmt's?»

«Im Augenblick nicht, nein. Ich war's eine Weile, aber jetzt bin ich nur noch enttäuscht. Resigniert, vermute ich.»

«Ich konnte es nicht. Ich wollte ja, ich hatte es wirklich vor, aber dann konnte ich einfach nicht.»

«Warum?»

«Ich will nicht darüber sprechen.»

«Jetzt werde ich wieder sauer.»

«Wenn du lernen willst, wie man Dame spielt, wieso befaßt du dich dann nicht mehr mit dem Spiel.»

«Mit anderen Worten: Irgendwann während der letzten sechs Wochen habe ich was falsch gemacht, und das hat mich um den Sieg gebracht?»

«Vielleicht habe *ich* etwas falsch gemacht, Hank.»

«Nein, glaub ich nicht. Außerdem könnte mich nichts sauer genug machen, um eine Frau zu schlagen.»

«Wenn du denkst, runzelst du die Stirn, und wenn du die Stirn runzelst, stoßen deine Augenbrauen in der Mitte zusammen.»

«Du hast mich nie richtig kennengelernt. Er ist aus San Quentin geflohen.»

«Und dieses Mädchen in San Francisco hat ihn aufgenommen. Er hat versucht zu beweisen, daß er unschuldig ins Gefängnis gekommen ist.»

«Reingelegt wurde. Du hast den ganzen Tag nichts gegessen.»

«Ich esse sonntags nie. Manchmal, bevor ich ins Bett gehe...»

«Und du bumst sonntags auch nicht. Du schaust dir die Humphrey Bogart-Retrospektive an.»

«... esse ich ein getoastetes English Muffin und trinke dazu ein Glas Magermilch.»

Unten wurde die Tür geöffnet, und ich lauschte auf die Schritte, die jetzt die Treppe heraufgetrampelt kamen.

«Deine Tante ist zurück», sagte ich.

«Nein», sagte Jannaire, «das ist nicht meine Tante.»

Ich stand auf, als sie sich erhob. Ein Mann kam herein. Er klimperte ein paarmal mit einem Schlüsselbund in seiner rechten Hand. Jannaire ging zu ihm, legte einen Arm um seine Taille und gab ihm einen Kuß auf die Wange.

«Mr. Norton», sagte sie und lächelte, als sie sich wieder zu mir umdrehte, «darf ich Ihnen meinen Mann vorstellen, Mr. Wright. Und das hier ist Mr. Norton, Darling. Mr. Norton macht in Immobilien, und er ist den ganzen Nachmittag mit mir durch die Gegend gefahren und hat mir verschiedene Häuser gezeigt. Es war so heiß im Wagen, da habe ich ihn auf ein Bier eingeladen.»

Mr. Wright, ihr Mann, warf einen gelangweilten Blick auf die sechs leeren Bierdosen auf dem Couchtisch. Er war Anfang vierzig und hatte eine Halbglatze, aber zehn Zentimeter schwarzes Seitenhaar über seine Platte gekämmt. Er war gut einssiebzig groß, zierlich, aber drahtig, und brachte ungefähr 150 Pfund auf die Waage. Er hatte eine deutliche Delle in seiner leicht schiefen Nase, und die beiden tiefen Linien in seinen schmalen Wangen waren so markant, daß sie schwarz wirkten, ganz so als wären sie mit Tinte aufgemalt. Er hatte eine kurze Oberlippe, und um sie länger wirken zu lassen, trug er einen buschigen Schnäuzer – praktisch ein zweiter Haaransatz. Er wäre ein unscheinbarer, ja sogar häßlicher Mann gewesen, hätte er nicht diese klaren, durchdringenden und intelligenten Augen. Seine dunkelblauen Augen mit geschwungenen schwarzen Brauen darüber verliehen ihm fast ein gutes Aussehen. Auf der Stirn hatte er eine ausgefranste, rosafarbene Pigmentstörung. Seine Hände waren riesig – die Hände eines erheblich kräftigeren Mannes –, und die massigen Handgelenke baumelten unter den viel zu kurzen Ärmeln seiner blauen Seersucker-Anzugjacke.

«Wie geht's, Sir?» sagte ich. «Ich finde, das Stück Land westlich von Kendale Lakes ist genau das Richtige für Ihre Frau, Mr. Wright, und ich würde mich freuen, es Ihnen ebenfalls zu zeigen. Wann immer es Ihnen paßt, natürlich.» Ich warf einen Blick auf die Bierdosen und schüttelte den Kopf. «Ha, ha, Mrs. Wright, ich mache jede Wette, Sie werden es sich das nächste Mal überlegen, bevor Sie mich noch mal auf ein Bier einladen, was? Aber die Sonne da draußen hat mich mächtig durstig gemacht. Tja...» Ich setzte mich Richtung Tür in Bewegung. «...Sie haben ja meine Telefonnummer. War nett, Sie kennenzulernen, Sir, aber ich mache mich jetzt besser auf den Heimweg. Meine Frau wird sich schon wundern, wo ich bleibe.»

«Ich bringe Sie zum Wagen», sagte Mr. Wright.

Er folgte mir nach unten, klebte förmlich an meinen Absätzen.

Am liebsten wäre ich gerannt, ging aber so lässig wie möglich und paßte mich seinem kürzeren Schritt auf dem Bürgersteig an.

«Haben Sie meiner Frau den ganzen Nachmittag Immobilien gezeigt, Mr. Norton?» fragte er, wobei er leicht den Kopf drehte, um in mein Gesicht hinaufzuschauen.

«Ja, Sir. Den ganzen Nachmittag – seit ein Uhr.»

«Mit welchem Wagen sind Sie gefahren?»

Das war eine Fangfrage. Aber andererseits, er kannte ihren Porsche. Kannte er aber auch mein Auto?

«Mit meinem», erwiderte ich. «Wieso?»

Er zog einen Verteiler aus der Jackentasche. «Weil ich den Verteiler des Porsche meiner Frau habe.»

Wir erreichten mein Auto, und ich kramte meine Schlüssel heraus.

«Ist das Ihr Wagen, Mr. Norton?»

Ich nickte.

«Dieser Wagen steht schon den ganzen Nachmittag hier. Ich hab's viermal überprüft, und zwar jeweils um Dreiviertel.»

Darauf fiel mir nichts mehr ein.

«Sie haben meine Frau den ganzen Nachmittag gebumst.»

«Nein... ich...»

«Wir haben ja bereits geklärt, daß Sie ein Lügner sind, Norton. Und Ihr Hosenstall steht immer noch auf.»

Ich schaute runter, um mich zu vergewissern. Eines der mit Abstand dümmsten Dinge, die ich je in meinem Leben gemacht habe, und doch wäre es unmöglich gewesen, nicht runterzusehen und es nachzuprüfen. Mein Reißverschluß war *nicht* auf, aber was sollte ich sagen? Mein Verstand war wie betäubt. Ich fummelte mit den Schlüsseln herum und bekam die Tür schließlich auf. Mr. Wright hielt sie auf, während ich hinter das Lenkrad rutschte.

«Sie haben mir in meinem eigenen Haus Hörner aufgesetzt, Norton, und in meinem eigenen Bett. Und dafür werde ich Sie umbringen.» Seine dunkelblauen, beinahe violetten Augen fixierten mich eiskalt. Er knallte die Tür zu und trat einen Schritt zurück.

Ich startete den Motor und fuhr los. Im Rückspiegel sah ich, wie Mr. Wright etwas in ein schwarzes Notizbuch schrieb, während er mir nachschaute. Wahrscheinlich notierte er sich mein Nummernschild.

Er will mir nur angst machen, dachte ich, und das war ihm gründlich gelungen.

8

Um Mitternacht, zwei Stunden, nachdem Jannaires Mann auf mich geschossen hatte, war ich alles noch mal durchgegangen, was zu diesem Augenblick geführt hatte, und herausgekommen war dabei nur ein wirres Durcheinander an Widersprüchlichkeiten. Nichts hing logisch miteinander zusammen, absolut nichts. Daß Jannaire keinen Ehering trug, konnte ich vergessen. Viele verheiratete Frauen trugen heute keinen Ehering, waren zu Recht oder Unrecht der Meinung, daß ein Ehering ein Stigma ist, ein Symbol, daß sie von einem Mann besessen werden. Also hatte das nicht viel zu bedeuten, nur daß ich, wäre es anders gewesen, meine Verführungskampagne von Anfang an anders aufgezogen hätte.

Die Tante, folgerte ich, war mit Sicherheit frei erfunden. Andererseits, als ich nach dem zweiten, nein, dem dritten Bier in Jannaires Wohnung aufs Scheißhaus gegangen war, hatte ich im Bad keinerlei Hinweis auf einen männlichen Mitbewohner bemerkt. Also schlief Mr. Wright – oder Wright – für mich war er immer *Mister* Wright – wahrscheinlich im Gästezimmer oder wohnte woanders. Sie hatte «mein Mann» gesagt, also waren sie noch verheiratet, nicht geschieden – oder vielleicht hatten sie sich auch auseinandergelebt. Entfremdung, wie man es jeden Tag aufs neue in den Zeitungen lesen konnte, machte ihn noch gefährlicher als einen Ehemann, der sicher und glücklich verheiratet war und jede Woche mit einem Gehaltsscheck nach Hause kam. Es waren die entfremdeten und eifersüchtigen Ehemänner, die ihre Frauen, die Geliebten ihrer Frauen, und, falls sie denn welche hatten, ihre Kinder erschossen, die vor dem Fernseher hockten. Wenn ein Geliebter etwas bekam und sie nicht, dann trieb das entfremdete Ehemänner in den Wahnsinn. Wenn ich die Zeitung in die Hand nahm, las ich fast täglich etwas über eifersüchtige Ehemänner, die ihre Häuser und ihre Frauen zusammenballerten. Oder Zucker in den Tank des Autos ihrer Geliebten kippten.

All das konnte zwar Wrights feindselige Haltung erklären, aber sicher konnte ich nicht sein. So wie er reingekommen war, mit den Hausschlüsseln in der Hand geklimpert hatte, der Kuß, den Jannaire ihm auf die Wange gegeben hatte und die ruhiggelassene Art, wie sie ihn begrüßte – soweit ich mich erinnern konnte, war da nicht die Spur von Besorgnis oder Angst zu erkennen gewesen... fast war es, als hätte sie ihn erwartet. Und wenn das so war, obwohl es verrückt schien, einen solchen Gedanken überhaupt in Erwägung zu ziehen, dann hatte sie mich reingelegt. Dann war diese Konfrontation eine abgekartete Sache, und sie hatte geplant – es aber nicht bis zum Ende durchgezogen –, mich den Nachmittag mit ihr im Bett verbringen zu lassen. Wenigstens hatte sie das angedeutet – nur daß sie es eben nicht durchziehen konnte.

Wenn ich mit Jannaire oder mit Mr. Wright ein paar Minuten ruhig und vernünftig sprechen könnte, konnte ich die ganze Angelegenheit klären.

Ich wählte Jannaires Nummer, und nach dem dritten Klingeln nahm sie ab.

«Jannaire», sagte ich, «Hank hier. Ich...»

«Einen Moment, Hank.»

Ich wartete, und einen Augenblick später hatte ich Wright am Telefon. «Norton?»

«Oh», sagte ich, «Sie sind immer noch da? Hören Sie, Mr. Wright, ich...»

«Wo sollte ich denn sonst sein, Norton? Sie sind ein verdammter Glückspilz, und Sie haben ganz schön Mumm, hier anzurufen. Aber wenn ich Sie das nächste Mal sehe, können Sie anschließend Ihre Gedärme von der Straße kratzen.»

«Hören Sie mir doch mal einen Moment zu...»

«Sie hatten verdammtes Glück, weil der Katalysator von diesem beschissenen Wildcat, den ich gemietet habe, die ganze Maschine verpfuscht hat. Genau in dem Augenblick, als ich abdrückte, hat die Karre einen Satz gemacht, und ich hab danebengeschossen.»

«Das tun sie alle, einen plötzlichen Satz machen, meine ich. Der Katalysator...»

«Genau das hat mir der Mann bei *Five-A-Day Car Rental* auch gesagt, als ich die Kiste wieder abgegeben habe. Also hab ich jetzt einen anderen Wagen, ein älteres Modell, und das nächste Mal haben Sie bestimmt nicht mehr soviel Glück.»

«Genau darüber wollte ich ja mit Ihnen reden. Hören Sie, Sie machen einen schweren Fehler, und...»

Er knallte den Hörer auf.

Der Kerl war verrückt, entschied ich, und Jannaire auch, wenn sie mit ihm zusammenlebte, oder nicht mit ihm lebte, wie auch immer. Oder weil sie ihn überhaupt erst geheiratet hatte. Er war doch mindestens fünfzehn Jahre älter als Jannaire, und auch ohne ihn verdiente sie genug Geld. Also, *wieso* hatte sie einen Bekloppten wie den geheiratet?

Ich machte mir einen Drink, einen Scotch mit der gleichen Menge Soda über Eis, und bemerkte, daß meine Hände nicht mehr zitterten. Weder war ich in Panik geraten, noch war ich gelähmt vor Angst. Ich spürte nur ganz normale Angst. Aber es war eine gute Art Angst, so wie man sich vor einem Basketballspiel fühlt oder bevor man eine Rede über Sicherheit vor einem großen Publikum hält. Außer meiner Angst, und es war eine Angst, die ich beherrschen konnte, empfand ich ein merkwürdiges Hochgefühl, so wie schon Jahre nicht mehr. Es war ein Gefühl, das aus dem Nachdenken resultierte. Denken war etwas, das ich schon verdammt lange nicht mehr getan hatte. Wie selten benutzt man heutzutage noch seinen Verstand, um eine Sache richtig zu durchdenken, um sich über etwas den Kopf zu zerbrechen. Und wie ich so darüber nachdachte, erschreckten mich meine plötzliche Wachsamkeit und das Gefühl der Zufriedenheit.

Die Gewißheit, daß Mr. Wright mich erschießen würde, war eine Herausforderung und Beleidigung zugleich. Bildete sich der verrückte Dreckskerl tatsächlich ein, ich würde mich einfach so von ihm umlegen lassen? Glaubte er wirklich, ich würde mich nicht wehren? Ich spürte, wie Wut und Zorn in mir anschwollen – so wie sein Wagen plötzlich wegen des Katalysators einen Satz gemacht hatte –, und ich unterdrückte es. Er war nicht wütend. Seine Stimme war kühl und beherrscht gewesen, ohne die geringste Spur von Leidenschaft oder Wut. Er zog irgendeinen blöden rituellen Kodex durch – das alte, ungeschriebene Gesetz der Zeit vor dem Korea-Krieg. Ein Mann bumst deine Frau, also machst du ihn kalt, um deine Ehre zu wahren. Gottverdammtes Pech. Nicht nur, daß ich unschuldig war – ich hatte ja nicht mal einen Finger reingekriegt –, ich hatte auch noch das Pech, einem Mann mittleren Alters mit altmodischen und überholten Wertvorstellungen über den Weg zu laufen.

Wright wollte nicht mit mir reden. Der sture Bastard war ein beschissener Reaktionär und würde mich, wenn er die Chance bekam, kaltblütig abknallen, dabei dann noch die Gewißheit haben, das Richtige zu tun und mit Sicherheit rehabilitiert werden, ob er nun geschnappt und für schuldig befunden oder nach dem sogenannten ungeschriebenen Gesetz für unschuldig befunden wurde. Das Schlimmste, was ihm passieren konnte, das absolut Schlimmste, war eine lebenslängliche Gefängnisstrafe – falls er für schuldig befunden wurde –, und lebenslänglich bedeutete, daß er spätestens nach acht Jahren wieder entlassen wurde. Wenn er sich im Gefängnis gut führte, und genau das taten Reaktionäre immer – sie befolgten stets die Vorschriften –, würde er in ungefähr drei Jahren wieder rauskommen. Für ein Verbrechen aus Leidenschaft, einen einmaligen, angeblich aus emotionaler Verstrickung begangenen Mord, konnte er – mit einem guten Anwalt und bei geschickter Verhandlung mit der Staatsanwaltschaft – nach anderthalb, maximal zwei Jahren wieder draußen sein.

Wenn ich das alles wußte, dann wußte er es mit Sicherheit auch. Für mich bestand nicht der geringste Zweifel, daß er wieder versuchen würde, mich umzubringen. Genau das würde er tun… es sei denn, ich legte ihn vorher um.

Also werde ich genau auf diesen Augenblick warten, Mr. Wright, dachte ich, und dann werden wir ja sehen, wer zuerst schießt – du oder ich.

Ich schloß die Wohnungstür auf, ging zum Müllschlucker am Ende des Korridors und nahm einen Stapel alter Tageszeitungen. Nachdem ich meine Tür wieder abgeschlossen und die Sicherheitskette überprüft hatte, knüllte ich die Zeitung zu großen Bällen, verteilte sie auf dem Boden und ging ins Bett. Eine Weile lag ich auf dem Rücken, beobachtete die Projektion der Digitalziffern meines elektrischen Weckers an der Decke und glaubte, ich würde nicht schlafen können. Aber schon bald wurde ich so schläfrig, daß ich die Augen nicht mehr aufhalten konnte…

9

Ich war schon immer ein guter Schwimmer gewesen, aber meine eigentliche Stärke war Ausdauer, nicht Geschwindigkeit. Und doch schwamm ich mit meinen Armen in einem lockeren Kraul und einem Minimum an Beinarbeit und pflügte mit dem Dreifachen meines normalen Tempos durch das Wasser. Den Kopf hatte ich hoch aus dem Wasser gereckt, und der größte Teil meines Rückens ragte ebenfalls weit aus dem Wasser.

Das Licht war grau und dunstig. Nebelfetzen wirbelten über dem Wasser. Ich konnte gerade mal einen Meter weit sehen. Vor mir ragte bedrohlich eine riesige, amorphe Gestalt auf, aber weder holte ich zu ihr auf, noch fiel ich zurück. Was immer es war, anscheinend bewegten wir uns mit der gleichen Geschwindigkeit. Wenn ich nicht wußte, wohin ich schwamm oder wo ich war, wozu dann die Eile? Ich hörte auf zu schwimmen. Komisch. Ich ging nicht unter, und mein gleichmäßiges Tempo hielt an. Ich glitt durch das trübe, angenehm warme Wasser, als würde ich abgeschleppt. Genau in diesem Moment spürte ich den breiten Riemen um meine Taille. Der Riemen war nicht störend eng, sondern saß gut. Ich war angebunden, und der Riemen um meine Taille, irgendwo an irgendwas befestigt (am Periskop eines U-Bootes vielleicht?), zog mich mit Höchstgeschwindigkeit hinter der formlosen grauen Gestalt her.

Die graue Gestalt schwenkte scharf nach rechts, und ich tat es ihr nur einen Augenblick später gleich – in eine absolute, alles verschlingende Schwärze. Ich hatte keine Angst, auch wenn ich etwas beunruhigt war und mehr als nur leicht verwirrt. Mein Tempo verringerte sich nicht, während meine Brust das Wasser teilte. Ich verschränkte die Hände und legte das Kinn auf meine Knöchel, starrte ins Nichts. Und dann begann sich hinter der schwärzeren Gestalt vor mir die Dunkelheit etwas zu lichten, und in der Ferne bemerkte ich einen weißen Halbkreis. Während der weiße Kreis allmählich größer wurde, erkannte ich, daß ich mich in einem Tunnel befand, einem Tunnel, der einen Bogen beschrieb, und nur einen Augenblick später wurde ich in grelles rosa Licht getaucht, als ich aus der Schwärze hinausschoß. Die graue Gestalt vor mir verwandelte sich sofort in eine knallig bunt angestrichene Holzente, viel größer als ich, und zwischen dem wedelnden Schwanz der Ente und meinem Kopf spritzte plötzlich schmutziges Wasser auf. Und dann hörte ich die Schüsse, reckte meinen Kopf nach links und sah Gesicht und Oberkörper eines Mannes, der sich, vielleicht hundert Meter entfernt, über eine Holzplanke beugte und mit einem Gewehr in meine Richtung zielte. Meine Güte, dachte ich, während meine Arme auf das Wasser eindroschen, um das Tempo zu erhöhen, der schießt ja auf *mich*! Ich erkannte, oder glaubte es wenigstens, eine Pigmentstörung auf der Stirn des Mannes. *Das ist Mr. Wright, und er schießt auf mich!*

*

Dann wurde ich wach. Das schwarze Satinlaken hatte sich zweimal um meinen Körper gewickelt, und das ganze Bett war schweißnaß. Ein Gewitter erschütterte den Himmel, und der Regen ergoß sich in wahren Sturzbächen gegen meine Schlafzimmerfenster. Der Strom war ausgefallen, was in Miami bei diesen schweren Gewittern nicht weiter ungewöhnlich ist, und damit auch die Klimaanlage und meine Uhren. In meiner Wohnung mußten es mindestens dreißig Grad gewesen sein, auch wenn ich im Moment nicht wußte, wie lange der Strom schon ausgefallen war. Nach dem Alptraum hämmerte mein Herz immer noch wie verrückt, als ich mich von dem Laken befreite, ins Bad schwankte und mich unter die Dusche stellte.

Ich vermutete, im Bett gebraten zu werden mußte den Alptraum ausgelöst haben. Nur daß es kein böser Traum gewesen war. Mr. Wright war sehr real; er war mit seiner Kanone auf der Suche nach mir, und ich war tatsächlich eine Holzente in einer Schießbude – sofern ich nicht etwas dagegen unternahm, und zwar bald.

Um drei Uhr morgens funktionierte die Klimaanlage wieder. Das Licht ging an, also machte ich mir eine Tasse Kaffee. Während das Wasser kochte, stellte ich meine elektrischen Uhren nach der Armbanduhr. Der Strom war fast zwei Stunden weg gewesen.

In drei Stunden würde es draußen wieder hell. Der Regen hatte sich zu einem Nieseln verringert, und der Kaffee machte mich etwas munterer. Ich legte eine LP von den *Clash* auf und hörte, wie sie vom alltäglichen Horror in England sangen, der, wenn überhaupt irgendwas, drüben noch erheblich schlimmer war als hier bei uns in Miami. Ich fing an zu flennen, etwas, das ich mindestens fünfzehn Jahre nicht mehr gemacht hatte.

Wieso zum Henker heulte ich? Vielleicht heulte ich, weil es drei Uhr morgens war, aber vor allem anderen hatte ich das Gefühl, irgend etwas verloren zu haben, etwas sehr Wertvolles und Unersetzliches, auch wenn ich nicht wußte, was das sein könnte.

In meine zweite Tasse Instant-Kaffee kippte ich einen guten Schuß Brandy und hörte auf zu weinen.

Aber ins Bett ging ich nicht mehr.

Irgendwie hatte der Traum mir mehr angst gemacht, erheblich mehr, als Mr. Wrights Versprechen, mich zu töten.

10

Die Sonne ging auf und meine Laune besserte sich, aber ich war immer noch müde und brauchte Schlaf. Ich dachte kurz daran, eine Dexie oder einen Bennie einzuschmeißen, oder eine halbe jetzt und die andere Hälfte gegen Mittag. Eine halbe Dexie würde mich hellwach machen, meine Wachsamkeit fördern und mir den Kick psychischer Energie geben, den ich brauchte.

«Ich komm schon klar», dachte ich.

Aber diese fatalen Worte, die mir durch den Kopf schossen, änderten alles. Das war die typische Rationalisierung, vor der wir während unserer Ausbildung gewarnt worden waren – neben anderen ernsten Gefahren, denen ein Pharma-Vertreter im täglichen Einsatz durch unvollständiges Wissen und unbegrenzten Zugang zu Drogen ausgesetzt war. Während wir die Krankheitssymptome studierten, die klinischen Eigenschaften der Medikamente, die wir den Ärzten aufschwatzten – was sie konnten und was nicht –, ihre Gegenindikationen und Nebenwirkungen, war die Gefahr der Selbstverordnung allgegenwärtig. Und da Ärzte als Gruppe nicht gerade zu den Schlauesten gehören, denen man begegnet, besonders wenn man mit ihnen über etwas anderes als ihre Arbeit redet, gerät man leicht in die Falle zu glauben – zu *wissen* –, daß man mindestens genausoviel oder sogar noch mehr weiß als die Ärzte.

Ärzte arbeiten zuviel. Sie haben kaum Gelegenheit, etwas zu lesen, Tageszeitungen eingeschlossen. Sie sind, als Gesamtheit, politisch naiv und weltfremd, was Geld, Wirtschaft oder sogar zwischenmenschliche Beziehungen betrifft. Sie verdienen einen Haufen Geld, aber sie sparen nie etwas, weil sie es ständig durch miese Investments wieder verlieren, und sie – oder ihre Familien – geben es aus, als käme es aus irgendeiner nie versiegenden Zauberquelle. Viele Ärzte, diejenigen mit den Durchschnittseinkommen von 75 000 Dollar pro Jahr eingeschlossen, die ein oder zwei Autos besitzen und riesige Hypotheken am Hals haben, besitzen nur geringe oder gar keine Reserven. Der finanzielle Bankrott ist eine ständig drohende Gefahr für Ärzte, und wenn's soweit ist, glotzen sie verwundert aus der Wäsche und fragen sich, wo all das viele Geld nur geblieben ist. Natürlich gibt es Ausnahmen, aber während der vergangenen fünf Jahre hatte ich mit Hunderten von Ärzten gesprochen, und die überwältigende Mehrheit war schlecht informiert. Vom Leben außerhalb ihres Jobs verstanden sie nur sehr wenig. Daher wird es sehr leicht, in diese Falle zu tappen und zu beschließen, daß man, wo man doch so viel mehr von der Welt versteht als die Ärzte und den gleichen Zugang zu medizinischer Literatur, Fachzeitschriften und Medikamenten hat, sich selbst etwas verordnen kann, sollte man einmal krank werden, und nicht erst einen Arzt aufzusuchen.

Die Firma hatte uns ausdrücklich vor dieser Möglichkeit gewarnt, hatte uns gleichzeitig darauf hingewiesen, daß die Ärzte im Verhältnis zu anderen Berufsgruppen den höchsten Anteil Drogensüchtige in den Vereinigten Staaten aufwies. Natürlich benutzten Ärzte die gleiche Argumentation, der auch ein Pharma-Vertreter zum Opfer fallen konnte; sie hatten praktisch unbegrenzten Zugang zu Drogen, und weil sie soviel wußten – oder zu wissen glaubten – wie jeder andere Arzt, neigten sie ebenfalls dazu, sich selbst Medikamente zu verordnen.

«Ich komm schon damit klar», dachten sie und warfen sich einen Bennie ein, um morgens um sechs eine Operation zu überstehen, und dann noch einen Bennie um zehn, um die Krankenhausvisite zu schaffen, und dann, weil sie hundemüde waren und um ein oder zwei Uhr mittags schläfrig wurden. Aber da wartete noch ein Wartezimmer voll Patienten auf sie, und dann würden sie sich nachmittags noch ein paar Bennies reinpfeifen. Und so lief es dann, nachts mußten sie raus zu Notfällen, und ehe sie sich versahen, waren sie abhängig – von Bennies oder Dexies oder Nasenzucker oder schließlich, wenn sie den richtigen Persönlichkeitstyp besaßen (und das war bei vielen der Fall), von Morphium oder einem seiner problemloser erhältlichen Derivate.

Wenn du krank wirst, sagt uns die Firma, geh zu einem Arzt. Nimm nie, niemals irgendein Medikament, egal, um was es sich handelt. Dieser Grundsatz war in Ordnung, denn kein Mensch kommt damit klar. Niemand.

Mit einem Achselzucken verzichtete ich auf den Bennie und gab mich mit einer Rasur und einer langen, kalten Dusche zufrieden. Ich zog eine graue Hose und ein Freizeithemd an, brühte frischen Kaffee auf und setzte mich, um mir über meinen nächsten Schritt klarzuwerden.

Zum Glück hatte ich meine Berichte bereits fertig. Es war also nicht notwendig, diese Woche irgendeinen Arzt aufzusuchen. Kommenden Samstag oder Sonntag konnte ich weitere Praxisbesuche fingieren, wenn ich meinen nächsten Bericht verfaßte, und es spielte keine Rolle. Die Verkaufszahlen in meinem Bezirk waren die höchsten im ganzen Südosten. Ich konnte mich ausschließlich meinem Schutz widmen, oder noch besser, ich konnte den Spieß umdrehen. Ich konnte Jagd auf Mr. Wright machen und *ihn* in die Defensive zwingen. Ich wollte ihn nicht erschießen oder ihm auf eine andere Weise schaden, aber ich mußte ihn irgendwo allein erwischen und mit ihm reden. Ich war absolut sicher, daß er einsehen würde, wie dumm es war, mich mit einer Kanone zu verfolgen, wenn ich nur eine Weile mit ihm sprechen und erklären konnte, daß Jannaire sich als alleinstehende, ungebundene Frau ausgegeben hatte, und daß zwischen uns nichts Körperliches gelaufen war.

Jannaire hatte ihm aller Wahrscheinlichkeit nach inzwischen das gleiche gesagt – daß es zwischen uns keinen Sex gegeben hatte –, und vielleicht hatte er sich über Nacht längst wieder beruhigt. Andererseits war es natürlich durchaus möglich, daß er Jannaire nicht glaubte. Was wußte ich denn, konnte ja gut sein, daß sie schon eine ganze Menge heimlicher Lover gehabt hatte, und wenn das so war, würde Mr. Wright nichts von dem glauben, was sie sagte.

Ich brauchte unbedingt eine Kanone. Wie stellt man es am besten an, sich eine zu besorgen, und wie kam man an einen Waffenschein? Larry Dolman würde es wissen, aber Alton Thead auch. Zu Larry konnte ich nicht gehen. Ich wollte nicht, daß Larry von meinem Problem erfuhr. Natürlich würde er mir helfen, aber dann würde sich unsere Beziehung ändern. Er glaubte, daß ich Jannaire bumste. Ohne es ausdrücklich gesagt zu haben, hatte ich es erst vor ein paar Tagen durchblicken lassen, als ich ihm zufällig vor den Briefkästen im Hausflur begegnet war. Wenn Larry wußte, daß ich seit sechs Wochen mit ihr rumzog, ohne auch nur einmal zum Zuge gekommen zu sein, und ohne mitzukriegen, daß sie verheiratet war, würde er mich nur auslachen. Es war schlimm genug, mich selbst zu verachten, aber von Larry konnte ich das nicht ertragen. Seiner Meinung nach, und was das betraf, war's bei Don und Eddie nicht anders, war ich so was wie der größte Schürzenjäger und Weiberheld in ganz Miami, und auf die gute Meinung meiner drei Freunde legte ich großen Wert. Wenn Larry mir half, und ich wußte, wie bereitwillig er sich anbieten würde, würde alles herauskommen – die ganze Geschichte –, und er würde es Don und Eddie weitererzählen...

Das Telefon klingelte, nur einmal. Ich wartete, zählte. Eine Minute später klingelte es wieder. Das war mein persönlicher Kode. Tagsüber, von acht bis fünf, ging ich nie ans Telefon, es sei denn, jemand benutzte das verabredete Signal. Ich wollte nicht, daß mich jemand aus der Firmenzentrale in New Jersey anrief und zu Hause antraf, besonders nicht, wenn es der Tag war, an dem ich eigentlich in Palm Beach oder Key West sein sollte. Julie Westphal, Bezirksmanager in Atlanta und mein direkter Vorgesetzter, kannte mein Klingelzeichen, aber wir waren ja befreundet. Ich war sein bester Pharma-Vertreter, und wir hatten immer eine Menge Spaß zusammen, wenn er mich in Miami besuchte. Ein paar Frauen, vielleicht ein Dutzend, kannten das Zeichen, und natürlich auch Larry, Don und Eddie – aber sonst niemand. Ich nahm den Hörer ab.

«Hi», sagte ich.

«Tom Davies.» Die ernste Stimme schwieg einen Moment, und dann lachte Tom.

«Tom, Sie verfluchter Bastard», sagte ich, «woher kennen Sie mein geheimes Klingelzeichen?»

«Ich hab Julie in Atlanta angerufen. Sie wissen ja, daß es mir sowieso scheißegal ist, Hank, was Sie machen, aber es handelt sich um einen Notfall, und ich mußte Sie unbedingt erreichen. Ich hatte schon Angst, Sie würden heute morgen vielleicht nach Lauderdale oder Palm Beach rausfahren, und es ist sehr wichtig, daß wir uns treffen.»

«Sie meinen, ich soll rauf nach New Jersey kommen, Tom?»

«Nein, nein.» Er lachte. «Ich komme heute nachmittag runter nach Miami, und ich habe sechs Stunden Zeit, bevor ich nach San Juan weiterfliege. Ich werde eine Woche, vielleicht auch zehn Tage, bei Gonzales in Puerto Rico verbringen. Aber ich will mit Ihnen sprechen und danach noch ein kleines Nickerchen im Airport Hotel einlegen, bevor ich in die Mitternachtsmaschine nach San Juan steige...»

«Wollen Sie Action, Tom? Es ist ein bißchen kurzfristig, aber ich...»

«Nein, danke, Hank. Ich bin wirklich müde – ich erzähle Ihnen alles, wenn wir uns sehen. Und ich nehme an, Gonzales wird für mich in San Juan ohnehin schon das eine oder andere geplant haben. Ich möchte, daß Sie mir ein Zimmer im Airport Hotel buchen – ich werde gegen halb sechs dort sein –, und wir treffen uns dann auf ein kurzes Gespräch um sechs in meinem

Zimmer.» Er senkte seine tiefe Stimme um eine ganze Oktave. «Es ist wichtig, Hank. Sehr wichtig.»

«Klar, Tom. Kein Problem. Und falls Sie dann noch Lust auf Action haben, kann ich wahrscheinlich kurzfristig was arrangieren. Ich kenne da zwei Mädchen in Hialeah, die gern Sandwich spielen. Sie brauchen es nur zu sagen, und ich werde...»

«Nein, diesmal nicht, Hank. Es ist rein geschäftlich. Ich habe seit vierundzwanzig Stunden nicht mehr geschlafen, und bis Mitternacht will ich mich nur ein bißchen ausruhen, das ist alles.»

«Okay, Tom. Ich sehe Sie dann im Hotel – in der Lobby. Das ist am Ende von Terminal vier. Um sechs.»

«Gut! Wir trinken ein Gläschen zusammen und unterhalten uns...»

Ich rief das Airport Hotel an und reservierte Tom Davies ein Zimmer.

Mein Mund war trocken, und ich war ein wenig sauer auf Julie, daß er mein geheimes Klingelzeichen weitergegeben hatte. Aber Julie und ich waren gute Freunde, und wenn es nicht wirklich wichtig gewesen wäre, sehr wichtig, dann hätte Julie diese vertrauliche Information todsicher nicht dem stellvertretenden Leiter der Verkaufsabteilung gegeben. Tom Davies war natürlich ein verdammt netter Kerl, er hatte selbst als Vertreter gearbeitet, bevor er zuerst Bezirksmanager und dann Vizepräsident wurde, deshalb war ihm klar, was gespielt wurde und wie wir arbeiteten. Vielleicht wußten es alle, die gesamte Geschäftsleitung oben in New Jersey, der alte Ned Lee eingeschlossen, der die Firma gegründet hatte. Aber wir spielten unser Spielchen und taten so, als würden wir uns bei der Arbeit den Arsch aufreißen. Einige von uns rackerten sich wirklich wie verrückt ab – wenigstens manchmal. Ich hatte es während meines ersten Jahres auch so gemacht, aber wenn die Verkaufszahlen gut sind, kann man sich zurücklehnen. Wenn sie runtergehen, und das werden sie unweigerlich, wenn man die Ärzte ein paar Monate nicht mit seinem Produkt bombardiert, und sie von neuen Medikamenten anderer Firmen erfahren, die sie ausprobieren wollen, dann muß man wieder raus und sich ins Zeug legen. Trotzdem fragte ich mich, was es wohl so Wichtiges geben konnte, daß Tom Davies, Vizepräsident der Verkaufsabteilung, einen Zwischenstopp in Miami einlegte, um persönlich und nicht am Telefon mit mir zu reden.

Ich hatte Tom Davies schon acht Monate nicht mehr gesehen, nicht mehr seit der letzten Konferenz in Atlanta, als wir uns auch mächtig amüsiert hatten. Wir hatten zwei Revuegirls aufgerissen, kräftige, einsachtzig große Südstaaten-Mäuschen, und mit diesen Riesinnen waren wir einen Tag länger in Atlanta geblieben. Bei der Arbeit war Tom ein sehr ernster und gewissenhafter Mann, aber er wußte auch, wie man abschalten konnte. Wir hatten eine Menge Spaß mit diesen gewaltigen Frauen. Aber worüber auch immer Tom mit mir reden wollte, es würde bis um sechs Uhr warten müssen.

Im Augenblick mußte ich etwas unternehmen, um an eine Pistole zu kommen, und mein aussichtsreichster Kandidat war Alton Thead, Doktor der Jurisprudenz.

II

Mein Eingewöhnungsjahr in Miami, nach der Entlassung aus der Army, war eine trostlose und verwirrende Zeit gewesen. Ich hatte Pittsburgh immer gehaßt, eine kalte und gräßliche Stadt, und unter seinen Einwohnern keine Freunde gefunden. Ich trank viel und zog mit anderen Offizieren aus der *Recruiting Station* rum, und normalerweise kreisten unsere Unterhaltungen darum, was wir tun würden, wenn wir erst mal aus der Army entlassen waren. Es war mir nie in den Sinn gekommen, wieder nach Hause, nach Michigan, zu ziehen. Dearborn war, wenn überhaupt irgendwas, eine noch kältere und noch gräßlichere Stadt als Pittsburgh und bot noch weniger Chancen.

Wenn ein Mann schließlich entlassen wird, hat er Anspruch

auf Reisekostenerstattung zu einem Ort seiner Wahl, und als meine Zeit kam, entschied ich mich für Miami. Ich war noch nie dort gewesen, aber ich wußte, daß es subtropisch warm war, und dachte mir, daß eine Stadt mit mehr als einer Million Menschen groß genug war, um dort ein eigenes Plätzchen zu finden.

Ich hatte nur sehr wenig Geld gespart und nahm den ersten halbwegs anständigen Job, den ich finden konnte, arbeitete als Schadenssachverständiger für eine Versicherung, was mir neben 9000 Dollar im Jahr auch einen Firmenwagen einbrachte. Vor acht Jahren war es noch möglich, mit neuntausend im Jahr zurechtzukommen – auch wenn man damit keine großen Sprünge machen konnte.

Ich hatte Anspruch auf Leistungen nach der *G. I. Bill*, und ich dachte daran, als Akademiker mit abgeschlossenem Studium an der Uni meinen Doktor zu machen. Mein damaliger akademischer Grad in Psychologie war praktisch wertlos, aber mir gefiel das Fachgebiet nicht gut genug, um drei weitere Jahre damit zu verbringen, Ratten zu quälen und andere langweilige Dinge zu tun, um einen anständigen akademischen Titel zu bekommen.

Die Idee zum Jurastudium kam mir, nachdem ich einer Reservisteneinheit zugeteilt worden war. Die kleine Einheit, der beizutreten und drei Jahre lang anzugehören ich nach meiner Entlassung aus dem aktiven Dienst gezwungen war, war eine militärische Verwaltungseinheit (der Reserve). Wir trafen uns immer Sonntag morgens um halb acht, angeblich für vier Stunden, obwohl wir nur selten länger als zwei blieben. Während der drei Jahre meines Dienstes wechselte die Größe des Teams zwischen zwölf und fünfundzwanzig Offizieren. Wir hielten fünfzigminütige Referate, meistens über irgendein politisches oder Verwaltungsthema, das uns von unserem Kommandanten vorgegeben wurde. Sonntags war er Lieutenant Colonel, unter der Woche arbeitete er an einer Tankstelle. Nachdem er die ganze Woche Benzin gezapft und Reifen gewechselt hatte, sonnte er sich in seiner sonntäglichen Beförderung zu militärischer Macht und gestaltete uns die Reservistenzeit unerträglicher, als es eigentlich hätte sein müssen. Wir – die anderen, rangniedrigeren Reserveoffiziere – wurden in unserem Haß auf diesen Zapfsäulenritter von einem Befehlshaber zu einer verschworenen Gemeinschaft, und ich fand ein paar gute Freunde. Vier oder fünf der anderen Offiziere waren Rechtsanwälte, und als ich nach den sonntäglichen Treffen bei einer Tasse Kaffee mit ihnen redete, fand ich, daß die Jurisprudenz vielleicht eine Möglichkeit für mich sein könnte, aus der beruflichen Sackgasse als Schadenssachverständiger herauszukommen.

Wie sich herausstellte, war die Aufnahmeprüfung der juristischen Fakultät, vor der ich wirklich Angst gehabt hatte, tatsächlich ziemlich einfach, und ich bestand sie mit einer hohen Punktzahl. Mehr als die Hälfte der Klausurfragen betraf Kurven, Tabellen und Mathematik – was mich überraschte –, aber da Mathematik und Statistik meine besten Fächer auf der Michigan State gewesen waren, erreichte ich genügend Punkte, um andere Fächer auszugleichen, in denen meine Leistungen eher durchschnittlich waren.

Ich wurde also angenommen und immatrikulierte mich beim Abendschulprogramm der University of Miami. Ich mußte nichts anderes tun, als vier Jahre lang an vier Abenden der Woche Seminare zu besuchen, und dann hatte ich meinen Dr. jur. – meinen Doktor der Rechtswissenschaft. Meine ersten vier Seminare waren Delikte, Versicherung, Lesen und Schreiben für Rechtswissenschaftler und Einführung in die Rechtswissenschaft. Montags, dienstags, mittwochs und donnerstags abends, in dieser Reihenfolge. Nach den ersten beiden Wochen des Semesters ließ ich die ersten drei Seminare sausen, und Einführung in die Rechtswissenschaft hätte ich auch noch geschmissen, wäre da nicht Alton Thead gewesen, der Dozent in diesem Seminar.

Jura ist absolut langweilig, aber das ist nicht der einzige Grund, warum ich schließlich das Studium abbrach. In meinem Job als Schadensgutachter mußte ich häufig abends Leute aufsuchen, und dieser Interessenkonflikt erschwerte es, die abendlichen Seminare zu besuchen. Meine Bürostunden tagsüber ließen mir keine Zeit fürs Studium, was bedeutete, daß ich immer den ganzen Samstag in der Bibliothek der juristischen Fakultät hätte verbringen müssen. Sonntags morgens mußte ich zu den Treffen der Reservisteneinheit, und unser strenger Kommandant nahm es mit der Anwesenheit peinlich genau. Wenn man ohne vorherige Erlaubnis drei Treffen versäumte, und diese Erlaubnis erteilte er nur höchst widerwillig, dann verfaßte er ein Empfehlungsschreiben, daß man für ein weiteres Jahr zum aktiven Dienst eingezogen werden sollte. Wir alle lebten in ständiger Angst vor dieser Gefahr, und er war darauf aus, diese Macht auch auszuüben.

Eine Siebentagewoche ist nicht zu anstrengend, wenn man wirklich Anwalt werden will. Es geht nur darum, die vier Jahre hinter sich zu bringen und die Zeit abzureißen. Eine Menge junger Männer halten durch. Aber dafür ist schon mehr als eine negative Motivation erforderlich, und meine einzige Motivation für die Immatrikulation war, daß ich auf keinen Fall Doktorand der Psychologie werden wollte.

Aber es war das Beispiel von Alton Thead, das mich letztlich überzeugte, mein Jurastudium an den Nagel zu hängen, auch wenn er es nicht absichtlich darauf angelegt hatte. Thead ist ein anständiger Kerl und hat einen brillanten Verstand. Im Klassenzimmer war er unterhaltsam, überzeugend, geistreich und faszinierend, und er genoß es, über seine Erfahrungen als praktizierender Anwalt zu sprechen.

Thead hatte in den späten fünfziger Jahren landesweit Berühmtheit erlangt, als er einen jüdischen Mann vertrat, der bereit war, seine Eltern zu verklagen, weil sie ihn als Baby hatten beschneiden lassen. Das war der schwerste Teil gewesen, meinte Thead in unserem Seminar, einen jungen Juden zu finden, der bereit war, bei dieser radikalen Klage mitzumachen. Theads Fall war beispielhaft. Aus medizinischer Sicht ist eine Beschneidung außer bei etwa vier Prozent der tatsächlich beschnittenen männlichen Kinder nicht erforderlich, und Thead hatte mehr als zwei Dutzend Ärzte antreten lassen, die diese Tatsache vor Gericht bezeugten. Rechtlich gesehen befanden sich die Eltern des jungen Mannes in einer schlechten Lage. Als Präzedenzfall hatten sie zwar die «Tradition» auf ihrer Seite, aber eben nicht mehr. Auch sie luden Ärzte vor, doch die besten Argumente, die sie aufbieten konnten, beschränkten sich auf «Hygiene». Die Tatsache, daß ein beschnittener Penis leichter sauberzuhalten ist als ein unbeschnittener, ist eine klägliche Ausrede für die Verstümmelung des Körpers eines Babys und für die Verletzung seiner Menschenrechte. Theads weiterem Argument, das heute erfolgreicher gewesen wäre, nachdem das Land als Ganzes in sexueller Hinsicht liberaler geworden ist, maßen die Geschworenen in den fünfziger Jahren nur wenig Gewicht bei. Und diese Argumentation (wenigstens meiner Meinung nach) besagt, daß die Eichel eines beschnittenen Penis ledrig wird. Wegen des Verlustes an Sensibilität verliert der Mann beim Sex irgendwas zwischen zwanzig und dreißig Prozent seines Lustempfindens, wenn die Vorhaut entfernt wird.

Thead verlor den Prozeß, der für den Fall seines Sieges mit Sicherheit landesweite Konsequenzen nach sich gezogen hätte, und er legte Revision beim Obersten Gerichtshof von Florida ein. Auch dort verlor er mit einer nicht einstimmigen Entscheidung von vier zu fünf. Das U.S. Supreme Court lehnte eine Wiederaufnahme des Falles ab, und das war's dann. Ich vermute, irgendwann wird ein anderer Anwalt die Sache wieder aufgreifen, und die Verstümmelung männlicher Babies wird in diesem Land endlich ein Ende finden; aber Thead hatte den Fehler gemacht, für sein Anliegen einen jüdischen Mann statt eines WASP zu benutzen. Gleichzeitig die religiöse Tradition zu bezwingen war zuviel, und er hätte statt dessen im Namen eines protestantischen Mannes klagen um so den religiösen Aspekt völlig unter den Tisch fallen zu lassen.

Nachdem er diesen Fall verloren hatte, wurde Thead in einen Steuerbetrug verwickelt und verlor um ein Haar seine Zulassung als Anwalt. Er beriet einen Mandanten aus Palm Beach bei einer Steuerhinterziehung, und später wurde der Mann vom Finanzamt erwischt. Der verärgerte Mandant verbreitete, daß Thead, nachdem er ihn beraten hatte, wegen des Betrugs zum Finanzamt gerannt war, um die zehnprozentige Belohnung für Denunziation zu kassieren. Bei der Anwaltskammer gingen mehrere anonyme Briefe ein, doch es konnte ihm nichts bewiesen werden. Aber nachdem das Gerücht erst in die Welt gesetzt war, mußte Thead seine Kanzlei in Palm Beach wegen fehlender Mandantschaft bald schließen.

Anschließend erwarb er eine Lizenz als Privatdetektiv in Miami Beach, die er dann aufgrund eines von der City Commission entdeckten mysteriösen Formfehlers – oder Lücke im Gesetz – sofort wieder verlor. Thead konnte oder wollte keine näheren Gründe nennen, denn die Information unterlag immer noch der Schweigepflicht zwischen Thead und einem ungenannten Mandanten, aber eines Tages, sagte er, würde er es in seiner Autobiographie enthüllen.

Auf jeden Fall war Thead an die Harvard Law School zurückgekehrt und hatte dort die Doktorwürde der Rechtswissenschaft erlangt und im Anschluß daran einen Lehrstuhl an der juristischen Fakultät der University of Miami übernommen.

Wenn die praktische Ausübung des Rechtsanwaltsberufs einem so brillanten Mann wie Thead soviel Ärger eingebracht hatte, dann gab es für mich in diesem Job auch keine Zukunft. Außerdem praktizierten in Miami pro Kopf mehr Anwälte als in jeder anderen Stadt vergleichbarer Größe in den Vereinigten Staaten – und ich wollte Miami zu meinem festen Wohnsitz machen. Im Verlauf dieses einzigen Semesters, während ich Theads Einführungskurs in Rechtswissenschaft belegte, wurden wir Freunde. Keine wirklich engen Freunde, aber unsere Beziehung war doch ein wenig tiefer als die übliche Dozent-Studenten-Freundschaft, weil er wußte, daß ich am Ende des Semesters mein Jurastudium abbrach.

Ich hatte Dr. Thead seit etwa drei Jahren nicht mehr gesehen. Zwei- oder dreimal während dieser Zeit war ich zur Universität gefahren, um ihn zu besuchen, hatte aber keinen Parkplatz finden können. An diesem Morgen jedoch mußte ich ihn sprechen, selbst wenn ich gezwungen war, gesetzwidrig zu parken, was ich dann am Ende tatsächlich auch tat. Alle Besucherparkplätze waren belegt, wahrscheinlich von Jurastudenten, die zu knauserig waren, fünf Dollar für eine Studentenparkberechtigung auszugeben, deshalb parkte ich zwischen einer Kokospalme und einem Parkverbotsschild auf dem Rasen.

Als ich vor acht Jahren Jura studiert hatte, trugen nur sehr wenig Studenten Anzüge und Krawatten. Meistens hatten wir Shorts und T-Shirts an, und auch Bärte waren nicht ungewöhnlich. Aber die Zeiten hatten sich geändert. Ich sah eine Menge junger Männer mit Krawatten, und der einzige Bärtige, den ich entdeckte, war ein weißhaariger alter Knabe, von dem ich noch vage wußte, daß er irgendwas mit der Verwaltung im Dekanat zu tun hatte. Mit meinen relativ kurzen Haaren und meinem Anzug wäre ich in dieser neuen Umgebung wahrscheinlich problemlos als ein weiterer älterer Student durchgegangen. Ich hatte Thead angerufen, bevor ich zur Universität gefahren war, und ich wußte, daß er auf mich wartete.

Thead grinste mich breit an, als ich sein winziges Büro betrat, und hörte auf zu schreiben. Er war dünner und schmaler, als ich es in Erinnerung hatte. Ich zog die Jacke aus und setzte mich auf den einzigen Besucherstuhl. Mit einem angedeuteten Lächeln sah Thead mich durch seine Brille an und nickte. Er zog ein Päckchen zerknautschter, kurzer *Camel* aus seiner Hemdtasche, entwirrte einen Bumerang aus dem Zellophan, strich das Ding glatt und schaffte es, sich Feuer zu geben, ohne mich dabei auch nur einen Moment aus den Augen zu lassen. Ein prima Trick, und ich hatte vergessen, wie beunruhigend es wirkte.

«Sie sehen aus, als würde es Ihnen gutgehen, Hank», sagte er. «Wieviel verdienen Sie denn heute so?»

«Zweiundzwanzigtausend plus Spesen und Firmenwagen, einen Riviera.» Ich zuckte mit den Achseln. «Und normalerweise gibt's auch noch Weihnachtsgeld.»

«Das sind zweitausend mehr, als ich verdiene, und ich habe

keinen Firmenwagen. Also, warum haben Sie sich schließlich durchgerungen, den alten Verlierer mal zu besuchen?»

«Ich hab's früher auch schon einige Male versucht, Dr. Thead, aber hier gibt es nirgendwo einen freien Parkplatz. Im Moment stehe ich auch im Parkverbot, und als ich Sie nach Ihrer Privatnummer gefragt habe, die ja nicht im Telefonbuch steht, wollten Sie sie mir nicht geben.»

«Ich habe das Telefon abgeschafft, Hank. Eine Geheimnummer funktioniert nie. Irgendwie, und es gibt Dutzende verschiedener Möglichkeiten, haben die Studenten die Nummer doch immer rausgekriegt und mich zu Hause angerufen. Wenn mich wirklich jemand unbedingt sehen will, findet er schon einen Weg, selbst wenn es keine freien Parkplätze gibt.»

«Das ist richtig.» Ich grinste. «Ein sehr guter Freund von mir hat mich bei einem kleinen Problem um Hilfe gebeten. Ich sagte, ich würde sehen, was ich tun könnte, und genau deshalb bin ich zu Ihnen gekommen.»

Er grinste. «Gut. Ich hatte schon befürchtet, *Sie* wären in irgendwelche Schwierigkeiten geraten.»

«Nein, Sir. Es geht um einen Freund. Ein Mann droht, ihn umzubringen, und hat sogar schon auf ihn geschossen. Jetzt weiß er nicht, was er unternehmen soll.»

«Der Schuß ist danebengegangen, nehme ich an?»

«Ja, aber es war verdammt knapp. Sollte er um Polizeischutz bitten?»

«Das könnte er, aber bekommen würde er nichts. Was hat er denn gemacht – die Frau von diesem anderen Mann gebumst?»

«Nein, aber dieser Mann glaubt es.»

«Und wie kommt er darauf?»

«Er ist in einer eindeutigen Situation erwischt worden, das ist alles. Aber es besteht gar kein Zweifel, daß der Ehemann es ernst meint. Er will meinen Freund wirklich erschießen.»

«In diesem Fall», sagte Thead, «sollte Ihr Freund ihn zuerst erschießen. Wenn er auf Notwehr plädiert, wird er höchstens zwei oder drei Jahre kriegen.»

«Wie wär's mit einem Waffenschein?»

«So was dauert. Wieviel Zeit hat Ihr Freund denn?»

«Nicht viel.»

«Einen Waffenschein bekommt man, indem man ihn mit einem formlosen Schreiben an den Polizeipräsidenten beantragt. Der Grund, warum die Waffe benötigt wird, ist ebenfalls anzugeben, und es muß schon ein guter Grund sein, wenn man zum Beispiel größere Geldbeträge mit sich herumschleppt. In Ihrem Fall wäre es ganz einfach. Als Pharma-Vertreter haben Sie Medikamentenmuster in Ihrem Wagen, und die müssen Sie natürlich gegen Diebstahl schützen, richtig?»

«Mein Freund hat nur Kreditkarten bei sich, Dr. Thead. Nie viel Bargeld.»

«Wie viele Kreditkarten?»

«American Express, Diner's, Master Card und drei oder vier Kreditkarten verschiedener Tankstellen, vermute ich.»

«Da haben wir's. Gestohlene Kreditkarten sind auf dem Schwarzmarkt fünfzig bis sechzig Bucks das Stück wert. Also haben wir ja schon zweihundertfünfzig oder dreihundert Bucks. Das ist viel Geld, Hank, sogar hier in Miami. Der nächste Schritt besteht darin, auf den Polizeischießstand zu gehen. Wenn man einen Waffenschein will, muß man sich mit seiner eigenen Pistole erst auf dem Schießstand qualifizieren. Die anfängliche Gebühr, sofern man sich auf dem Schießstand bewährt und der Antrag vom Polizeipräsidenten genehmigt wird, beträgt fünfundsiebzig Bucks plus weitere fünfundzwanzig Dollar Jahresgebühr. Also belaufen sich die Aufwendungen auf einiges an Freizeit und hundert Dollar. Der Waffenschein gilt allerdings nur im Dade County. Wenn der Betreffende die Pistole in andere Counties mitführen will, muß er sich von jedem County einen gesonderten Waffenschein besorgen.»

«Und wenn man eine Pistole ohne Waffenschein trägt?»

«Solange sie nicht versteckt wird, ist es erlaubt, eine Waffe im Auto mitzuführen. Man kann sie deutlich sichtbar neben sich auf den Beifahrersitz legen. Wenn sie im Handschuhfach aufbewahrt wird, muß dieses immer verschlossen sein. Man muß einem Mann erlauben, eine Waffe in seinem Wagen zu befördern, Hank. Andernfalls könnte er damit ja nicht aus dem Waffengeschäft nach Hause fahren, Sie verstehen?»

«Also ist es kein Problem, eine Waffe zu kaufen?»

«Ganz und gar nicht, wenn man den Preis bezahlen kann.»

«Vielen Dank, Dr. Thead. Ich werde es meinem Freund ausrichten.»

«Darauf wette ich. Und weil er Ihr Freund ist, Hank, verlange ich auch kein Honorar für diese äußerst nützlichen Informationen.»

«Er kann sich ein Honorar leisten, Dr. Thead. Schicken Sie mir die Rechnung, und ich sorge dann dafür, daß er Ihnen das Geld überweist.»

«Kein Honorar, Hank. Ich würde es nur äußerst ungern versteuern. Wann gehen wir zu Mittag essen?»

«Deswegen müssen wir noch mal telefonieren. Mein Chef kommt heute abend mit dem Flugzeug aus New Jersey, und ich habe heute noch eine Menge zu erledigen. Aber ich werde Sie schon bald anrufen.»

«Bitte, tun Sie das, Hank. Sie haben ein paar Pfund zugelegt, oder?»

«Ein paar, aber ich mache immer noch jeden Morgen meine fünfzig Liegestütze. Im Moment bin ich auch wieder auf Diät. Ich kann in einer Woche zehn Pfund abnehmen. Wenn Sie mich das nächste Mal sehen, habe ich mein altes Gewicht wieder.»

Ich stand auf und zog meine Jacke an. Es war kalt in seinem Büro, und es gab noch Verschiedenes, über das ich mit Thead sprechen wollte, aber ich hatte bereits genug von seiner Zeit in Anspruch genommen. Außerdem wollte ich mich ihm nicht wirklich anvertrauen. Es war einfach zu peinlich.

«Hank?»

«Sir?»

«Vielleicht sollten Sie mir besser den Namen Ihres Freundes verraten?»

«Warum?»

Er zuckte mit den Achseln, grinste dann breit. «Falls die Polizei seine Leiche findet, kann ich ihnen sagen, wie er heißt.»

Ich schüttelte den Kopf und lächelte. «Es hat keinen Sinn, Sie da mit hineinzuziehen, Dr. Thead. Falls ihm etwas zustößt, werde ich der Polizei seinen Namen sagen.»

«In Ordnung... aber rufen Sie mich bald an.»

Draußen in der heißen Sonne fühlte ich mich, als würde ich unter Wasser gehen, und überquerte den Hof zu dem schmalen Rasenstück, auf dem ich meinen Riviera geparkt hatte. Außer zwei kubanischen Flüchtlingen, die in einem großen Müllcontainer nach Leckerbissen suchten, waren keine verdächtig aussehenden Leute in der Nähe. Ich steckte mir eine Zigarette an und stieg in meinen Wagen.

12

Die Explosion folgte direkt auf das Drehen des Zündschlüssels, doch der Motor sprang trotzdem an. Unwillkürlich trat ich das Gaspedal durch, und der Motor heulte auf. Der rotierende Kühlerventilator preßte auf beiden Seiten des Wagens dünne, schwarze Rauchfahnen unter der Haube heraus. Einen Sekundenbruchteil vor der Explosion hatte ich einen hohen, schrillen Pfeifton gehört. Ich hatte mich erschreckt, mein Verstand war durch den plötzlichen, unerwarteten Lärm wie betäubt. Als mir der laute Motor bewußt wurde, schaltete ich die Zündung aus, löste den Sicherheitsgurt und kletterte steif aus dem Wagen.

Ich war unverletzt und konnte, mit einem Blick auf die Kühlerhaube, auch am Wagen keinen Schaden erkennen. Nur ein paar dünne Rauchfetzen wehten noch unter der geschlossenen Haube heraus. Ein halbes Dutzend neugieriger Studenten umringte mich. Einer von ihnen, ein Schwarzer, grinste breit.

«Sieht aus, als hätte Ihnen da einer einen Streich gespielt», meinte er.

«Hat einer von euch jemanden an meinem Wagen gesehen?» fragte ich und sah sie an. Sie schlurften ein oder zwei Schritte zurück. Stummes Kopfschütteln.

Ich öffnete die Fahrertür, griff unter das Armaturenbrett und zog an dem Hebel, der die Haube öffnete. Graue Papierflöckchen überall auf dem Motor. Ein Student beugte sich vor, um einen Blick auf den Motor zu werfen, hob dann einen dünnen, rotweißen Draht heraus, den er zur Batterie verfolgte. An den Enden war der Draht geteilt, bis aufs Kupfer blank gekratzt und um die Pole gewickelt worden. Zwischen dem zerfetzten grauen Papier bemerkte ich einige kurze, rotweiße Drahtstücke.

«Ein Kracher», sagte der Student. «Der kann Ihren Wagen nicht beschädigen. Er pfeift nur, und es gibt einen lauten Knall, wenn man die Zündung einschaltet.»

Ich nickte. «Aber mein Wagen war abgeschlossen. Wie sollte er reinkommen, um die Haube zu öffnen?»

«Vielleicht haben Sie ja nicht abgeschlossen.»

«Ich schließe immer ab.»

«Dann», erwiderte er, «muß er ihn wohl aufgeschlossen haben.»

Inzwischen grinsten alle Studenten. Ich grinste ebenfalls, versuchte es als dummen Streich zu sehen. «Ich habe im Halteverbot geparkt», sagte ich, «also hat mir vielleicht einer von euren Campus-Cops diesen Streich gespielt – quasi als Warnung.»

Einer der Studenten hörte auf zu grinsen und runzelte die Stirn. «Wissen Sie, richtig witzig ist das eigentlich nicht», sagte er. «Jemand könnte einen Herzinfarkt kriegen, wenn er so erschreckt wird.»

«Mir hat's einen ganz schönen Schrecken eingejagt», gab ich zu, ließ die Motorhaube zufallen und vergewisserte mich, daß sie richtig eingerastet war, «aber einen kleinen Scherz kann ich schon verkraften. Wenn also einer von euch Jungs den Draht gelegt hat, ich bin absolut nicht sauer.»

«Von uns hier hat's jedenfalls keiner gemacht», sagte der schwarze Student. «Diese Knallkörper können Sie drüben bei

Meadow's kaufen, aber so einen Streich würde hier keiner einem Fremden spielen.»

«Wahrscheinlich war's jemand, der mich kannte, der meinen Wagen erkannt hat.» Ich zuckte mit den Achseln, stieg wieder ein und schloß die Tür.

Die Studenten, inzwischen gelangweilt, zerstreuten sich. Ich drehte den Zündschlüssel und schaltete die Klimaanlage ein. Ich steckte mir eine Zigarette an, drückte sie aber sofort wieder aus. Mein Mund war viel zu trocken für eine Zigarette. Dann bemerkte ich die kleine, acht mal dreizehn Zentimeter große Karte, die halb versteckt unter dem Sicherheitsgurt des Beifahrersitzes klemmte. Mit Kugelschreiber hatte dort jemand in sauberer Blockschrift geschrieben: «ICH WILL *DICH*, GLÜCKSPILZ, NICHT IRGENDEINEN UNSCHULDIGEN STUDENTEN. NÄCHSTES MAL HAST DU NICHT MEHR SOVIEL GLÜCK, GLÜCKSPILZ. DU BETEST GOTTVERDAMMT BESSER SCHON MAL.»

Ich steckte die Karte in die Brusttasche meines Hemdes, drehte den Kopf und schaute aus der Heckscheibe. Der Hof und das erste zweistöckige Gebäude der juristischen Fakultät lagen hinter mir. Direkt vor mir, durch die Windschutzscheibe gesehen, erstreckte sich der riesige Parkplatz der Studentenvereinigung, auf dem sich Autos so dicht drängten wie Fruchtfliegen auf einer überreifen Mango. Schauspielschüler, auf dem Weg zum *Ring Theater*, schlurften in Sandalen vorbei. Andere verließen das Gebäude der Studentenvereinigung zu ihren Seminaren, aber ich sah keinen Mann mittleren Alters, der eine Seersucker-Jacke trug. Offensichtlich war Mr. Wright mir gefolgt und hatte den Scherzartikel-Sprengkörper in meinem Wagen deponiert. Aber wie konnte er ohne Schlüssel die Haube öffnen? Ich war sicher, abgeschlossen zu haben. So was erledigt man automatisch. Aber nur sicher zu sein genügte nicht. Von nun an würde ich absolut sicher sein müssen.

Ich verließ das Universitätsgelände und kurvte durch die ruhigen Seitenstraßen von Coral Gables, warf immer wieder einen

Blick in den Rückspiegel, um zu sehen, ob ich verfolgt wurde. Dies war ein friedliches Wohnviertel mit sehr wenig Verkehr, und weder hinter noch vor mir fuhren Autos, als ich schließlich die Red Road erreichte und zur Eighth Street – dem Tamiami Trail – oder der, wie die Kubaner sie nennen, *Calle Ocho* abbog.

Mein Magen tobte, zum Teil vor Hunger, aber hauptsächlich vor Wut – eine entrüstete Wut, ausgelöst durch die Sinnlosigkeit der Scherzbombe. Eine echte Bombe hätte mich zerfetzt, und ich hatte durchaus Verständnis für Mr. Wrights Abneigung, eine echte Bombe im Wagen zu deponieren, wenn dabei das Risiko bestand, zufällig vorbeigehende Studenten zu töten. Dennoch ergab es immer noch keinen Sinn, einen Feuerwerkskörper zu benutzen – nur um zu beweisen, daß er mich genauso mühelos mit einer echten Bombe hätte in die Luft jagen können. Er spielte Spielchen mit meinem Leben oder machte sich darüber lustig – oder, was logischer war, er warnte mich ein zweites Mal, wo doch der Schuß schon Warnung genug gewesen war. Vielleicht wollte er mich aber auch zu einem würdigeren Gegner machen. Wollte er sich vielleicht vergewissern, daß ich versuchte, mich vor ihm zu schützen? Gab er mir eine faire Chance, weil er keine «lahme Ente» abknallen, keine leichte Beute wollte.

Was immer er beabsichtigte, ich dachte ja gar nicht daran, mich durch diesen Scherz aus der Ruhe bringen zu lassen. Ich versuchte dahinterzukommen, was Mr. Wright wirklich plante, und es bestand immerhin die Möglichkeit, daß er sich in einer Abkühlungsphase befand und den Knallkörper unter meiner Kühlerhaube nur plaziert hatte, um mir zu zeigen, daß er mich nicht mehr umbringen wollte, um seine ursprüngliche Drohung wahrzumachen. Aber wenn das stimmte, wieso sollte er dann diesen Drohbrief hinterlassen?

In dem Wissen, wie sinnlos das alles war, wiegelte ich diese Spekulationen mit einem Achselzucken ab. Ich wußte nichts über Wright, den Menschen, den Ehemann oder den Mörder. Um am Leben zu bleiben, mußte ich davon ausgehen – ohne es auch nur eine Sekunde zu vergessen –, daß Wright mich umbringen wollte, und der beste Weg, ihn genau daran zu hindern, würde es sein, ihn vorher umzubringen.

13

Ab der Twenty-seventh Avenue ist die Eighth Street in östlicher Richtung eine vierspurige Einbahnstraße. In den Vierteln auf beiden Seiten, ebenso wie in den Geschäften, wird fast ausschließlich Spanisch gesprochen – Kubanisch, Puertoricanisch und vereinzelt Kolumbianisch. In Little Havana sitzen immer zwei oder mehr Personen in einem Auto, und während sie – die Insassen – fahren, reden alle gleichzeitig und benutzen dabei beide Hände, der Fahrer eingeschlossen. Um jemandem auf dem Rücksitz etwas mit Nachdruck zu sagen, nimmt ein kubanischer Fahrer manchmal die Hände ganz vom Steuer, dreht sich um und redet gestenreich und lebhaft auf die Mitfahrer im Fond ein, während er immer noch mit siebzig Sachen durch die Gegend kurvt. Man fährt sehr vorsichtig auf der Eighth Street, und noch vorsichtiger, nachdem sie Einbahnstraße geworden ist. Ich suchte den *Target Gun Shop* und einen Parkplatz, wobei ich immer ein Auge auf die anderen Verkehrsteilnehmer hatte.

Ich parkte an der Südseite der Eighth, schloß mein Auto ab und wartete auf eine Lücke im Verkehr, um auf die andere Straßenseite zu wechseln. Es war kein Problem, den *Target Gun Shop* zu finden. Die Vorderseite des Gebäudes zierte eine riesige Zielscheibe mit breiten, abwechselnd schwarzen und weißen Kreisen, die sich auf einen großen, schwarzen Scheibenmittelpunkt verengten, der die obere Hälfte der Eingangstür einschloß. Über die Straße zu laufen, als meine Chance kam, und genau auf diese schwarze Zielscheibentür zuzurennen verursachte ein beklemmendes Gefühl.

Das Innere des Geschäfts, dunkel und wunderbar klimatisiert, war erheblich größer, als es von außen wirkte. Eine Hälfte des

Gebäudes war für Schußwaffen und Munition reserviert. Ein halbes Dutzend langer Glasvitrinen enthielt Pistolen. Tische waren beladen mit Jagdausrüstung, Holstern, Munitionsgürteln und militärischen Campingartikeln. Die andere Hälfte des Gebäudes, mit einem separaten Eingang aus dem Geschäft, war ein Hallenschießstand.

Ich schaute mir die umfangreiche Auswahl an Waffen in den Vitrinen an, war von der Vielfalt ein wenig verwirrt. Ein Kubaner mittleren Alters mit dichten, grauen Koteletten bediente mich. Sein Englisch war ausgezeichnet und fast akzentfrei.

«Schauen Sie sich um, solange Sie mögen», sagte er lächelnd, «und wenn Sie sich eine der Pistolen genauer ansehen möchten, klopfen Sie einfach aufs Glas. Ich hole Sie Ihnen dann raus.»

«Ich glaube, Sie müssen mir helfen», sagte ich. «Ich brauche eine Pistole, aber die sehen für mich alle ziemlich gleich aus.»

«Nein, Sir. Sie sind nicht gleich. Brauchen Sie eine Waffe zum Zielschießen oder nur zum persönlichen Schutz»

«Schutz?» Ich sah ihn scharf an.

Er zuckte mit den Achseln. «Ein Mann muß schließlich sein Heim schützen.»

«Ja», sagte ich. «Ich brauche eine Pistole zum Schutz.»

«Was wissen Sie über Waffen?»

«Außer dem, was ich bei der Army gelernt habe, nicht besonders viel. Eine Sache: Wenn man sich die Bohrung im Lauf ansieht, bedeutet jede vollständige Windung eine Erhöhung der Mündungsgeschwindigkeit von einhundert Metern pro Sekunde. Acht vollständige Windungen bedeuten daher achthundert Meter pro Sekunde.»

Er lachte und schüttelte den Kopf. «Nicht direkt. Es hängt auch noch vom Kaliber, der Munition und der Länge des Laufs ab, aber das alles ist bei Handfeuerwaffen nicht weiter wichtig. Für Schutz auf kurze Distanz spielt Mündungsgeschwindigkeit keine besonders große Rolle. Eine hübsche, kurzläufige Achtunddreißiger ist für persönlichen Schutz eine gute Wahl. Wenn Sie ein sehr guter Schütze sind, bevorzugen Sie vielleicht eine

Fünfundvierziger. Aber wenn Sie kein Scharfschütze sind, würde ich eine Achtunddreißiger vorschlagen. Die Munition ist außerdem erheblich billiger.»

Er zeigte mir verschiedene .38er, und ich suchte mir eine *Police Special* mit einem Drei-Zoll-Lauf aus. Es war eine Freude, sie in der Hand zu halten. Sie kostete 180 Dollar, was erheblich mehr war, als ich für eine gebrauchte Pistole auszugeben erwartet hatte, aber ich gab ihm meine Mastercard.

Er füllte Leistungsbeleg und Registrierungsunterlagen aus und bat mich, beides zu unterschreiben. Ich schob die Pistole in meine Gesäßtasche, und er lachte.

«Moment, Mr. Norton. Ich muß die Waffe registrieren lassen. Sie können sie in zweiundsiebzig Stunden abholen. Genau jetzt in drei Tagen.»

«Drei Tage? Ich brauche sie aber sofort.»

«So lange dauert es nun mal. Wir erledigen für Sie den Papierkram, wissen Sie, aber Sie dürfen keine Waffe mitnehmen, die noch nicht bei der Metro Police registriert ist. So verlangt es das Gesetz.»

«Okay. Können Sie mir dann vielleicht für drei Tage eine Pistole ausleihen, bis meine registriert ist?»

«Das ist… einen Augenblick, bitte, Mr. Norton. Sie sollten vielleicht besser mit Mr. Dugan reden.» Er ging die Theke hinunter und kehrte mit einem älteren rothaarigen Mann zurück, der aussah, als hätte er sich das Gesicht mit Tomatensuppe abgespült.

«Wir verleihen keine Pistolen, Mr. Norton», sagte Mr. Dugan.

«Das verstehe ich ja, aber ich habe Arzneimittel in meinem Wagen, und die müssen geschützt werden, bis meine eigene Pistole registriert ist.»

«Wen haben Sie bei der letzten Wahl gewählt?»

«Das ist eine persönliche Angelegenheit, Mr. Dugan.»

«Ja, das ist es. Macht es Ihnen etwas aus, mir Ihre Wählerregistrierungskarte zu zeigen?»

«Natürlich nicht.»

In dem Augenblick, als er meine Registrierungskarte sah, änderte sich seine schroffe Haltung schlagartig. Er lächelte, schüttelte meine Hand, zwinkerte mir zu und gab die Karte zurück. «Für einen Republikaner», sagte er, «sind wir gern bereit, die Vorschriften etwas freier auszulegen, aber wir müssen schon vorsichtig sein, Sie verstehen? Manche dieser typischen Liberalen und Unabhängigen, die hier reinkommen... nun ja, Ihnen muß ich es ja nicht sagen, Mr. Norton.» Er drehte sich zu dem kubanischen Verkäufer um. «Kümmere dich um ihn, José.»

Ich verließ den *Target Gun Shop* mit einer frisch gereinigten kurzläufigen .38er, zwei Schachteln Munition (100 Schuß), einem weichen Plastikholster mit einer Chromklammer, damit Holster und Waffe in meiner Hose blieben, einem Waffenreinigungsset von *Hoppe* und einem Gratis-Stoßstangenaufkleber mit der Aufschrift: WENN WAFFEN GEÄCHTET SIND, HABEN NUR NOCH GEÄCHTETE WAFFEN.

14

Wieder in meiner Wohnung, reinigte und ölte ich die .38er und gewöhnte mich an sie. Ich zielte auf verschiedene Gegenstände im Wohnzimmer und verballerte ein paar Trockenschüsse, versuchte mich mit dem Druckpunkt des Abzugs vertraut zu machen. Ich hatte ein wenig Angst vor der Waffe. Die Vorstellung, eine Pistole zu kaufen, ist eine Sache; tatsächlich eine zu kaufen und zu besitzen und in der Hand zu halten ist etwas völlig anderes – ein Schritt über die Trennungslinie, die einen zu einem völlig anderen Menschen macht. Von einer Pistole sagt man oft, daß sie den «Unterschied» macht, da ein Mann von einsfünfzig mit einer Pistole den Unterschied zwischen sich und einem einsachtzig großen Gegner wettmacht. Doch was ich in diesem Moment empfand, als ich in meinem Wohnzimmer mit der Pistole herumspielte, war ein psychologischer Unterschied. Ich verspürte eine Mischung aus Hochstimmung und schrecklicher Erregung gepaart mit dem Verlangen, die verfluchte Pistole zu benutzen – sie auf Mr. Wright zu richten.

Aber ich war kein guter Schütze. Meine Armee-Erfahrung mit Waffen, als Mitglied des *Adjutant General's Corps* in der Personalverwaltung, beschränkte sich im wesentlichen auf Schießübungen zum Vertrautmachen mit der Waffe. Bei einem Sommerlager für Reserveoffiziere mußte ich mich mit einem Gewehr auf dem Schießstand qualifizieren, aber auf dem Pistolen-Schießstand hatte jeder von uns nur fünf Schuß mit einer .45er, gerade genug, um uns eine grobe Vorstellung zu geben, wie es war, mit so einer Kanone zu schießen.

Ich erwärmte mir vier Frankfurter und aß sie mit Hüttenkäse. Alle paar Minuten ging ich zum Fenster und warf einen kurzen Blick auf meinen Wagen. Bis die Sache mit Wright geklärt war, würde ich nicht arbeiten. Weder konnte ich auf fremden Parkplätzen noch vor Arztpraxen parken – nicht wenn Wright in mein Auto kommen konnte. Genausowenig war das Auto auf der Santana sicher, auch wenn ich ab und zu aus dem Fenster schauen konnte. Ich konnte die Kiste unmöglich die ganze Nacht im Auge behalten – nicht, wenn ich schlief.

Ich mußte *jetzt* etwas unternehmen.

Es war zwei Uhr mittags und noch viel zu früh für den Flughafen, aber dort würde ich sicherer sein, wenn es mir gelang, Wright vorher abzuschütteln. Ich war viel zu unruhig und nervös, länger in der Wohnung herumzuhocken.

Ich lud die Pistole, schob sie in das Holster und verließ das Haus. Ich hatte hin und her überlegt, ob ich den Aufkleber auf die Stoßstange kleben sollte, mich dann aber dagegen entschieden. Wenn Wright den Aufkleber sah, könnte er sofort die richtige Schlußfolgerung ziehen, daß ich mich bewaffnet hatte, und mir schien, daß ich einen geringfügig besseren Vorteil hatte, wenn er nicht wußte, daß ich eine Pistole besaß.

Ich war überzeugt, Wright abgehängt zu haben, als ich durch die Wohngebiete von Coral Gables kurvte, bevor ich zum Waffengeschäft gefahren war. Doch höchstwahrscheinlich folgte er mir jetzt wieder. Wenn er sich wieder an mich hängen wollte, mußte er einfach zu meinem Apartmenthaus zurückkehren und dort auf mich warten. Obwohl ich ihn nicht bemerkt hatte, machte ich daher einige raffinierte Manöver, um ihn abzuhängen, falls er irgendwo in der Nähe war.

Niemand kennt Miami besser als ich. Ich habe den größten Teil des Dade County mit dem Auto ausgekundschaftet. Zuerst fuhr ich auf der I-95 in die Innenstadt, verließ die Freeway an der Ausfahrt Biscayne Boulevard und nahm dann den MacArthur Causeway rüber nach Miami Beach. Dort fuhr ich die Collins Avenue hinauf, kehrte über den Venetian Causeway zurück nach Miami und fuhr auf die I-95 South. In einem gefährlichen und völlig unerwarteten Manöver zog ich mit quietschenden Reifen diagonal von der äußersten rechten auf die linke Spur und die Ausfahrtrampe der First Street Downtown rüber. Jeder, der mir folgte, hätte vorher wissen müssen, daß ich diesen selbstmörderischen Spurwechsel machen würde, um an mir dranzubleiben.

Ich parkte an der Miamarina, trank einen Kaffee und nahm anschließend mit gemächlichen siebzig den Airport Expressway zum International Airport. Ich fuhr die Rampe zu den Abflügen hinauf, bog direkt gegenüber vom Eastern-Flugsteig in das Parkhaus des Terminals ein und stellte den Wagen ganz oben ab. Die .38er verstaute ich im Handschuhfach (es ist keine besonders gute Idee, mit einer geladenen Pistole auf einem Flughafen erwischt zu werden). Ich schloß den Riviera ab und fuhr mit dem Fahrstuhl zum Eingang für abreisende Fluggäste.

Es war Viertel nach vier. Die nächsten anderthalb Stunden verbrachte ich damit, in aller Ruhe in der Airport Lounge zwei große *John Collins* zu schlürfen. Ich war sehr zufrieden mit mir, wie ich Mr. Wright abgeschüttelt hatte, während ich auf Tom Davies, den stellvertretenden Verkaufsdirektor, wartete.

15

Die beiden Drinks, zusammen mit der Illusion von Sicherheit, die ich dabei empfand, Wright entwischt zu sein, hatten mich wieder beruhigt, und es war einfach, Tom Davies' Rolle zu beurteilen, als ich zu ihm auf sein Hotelzimmer ging. Weißes Leinen ist wieder groß in Mode, und Tom trug einen neuen weißen Anzug, ein lachsfarbenes Hemd und eine schwarzgoldene Krawatte. Als er mich an der Tür begrüßte und bei seiner Einladung, mir selbst einen Drink zu machen (*Jack Daniel's Black*, Wasser), die Jacke nicht auszog, war mir klar, daß Tom den Vizepräsidenten spielte.

Als ich das letzte Mal mit Tom zusammen war, ungefähr zehn Minuten, bevor ich umkippte, war er betrunken gewesen und konnte sich vor Kichern kaum halten, während die beiden Amazonen-Revuegirls, die wir in Atlanta abgeschleppt hatten, seinen nackten Körper mit *Johnson's Babyöl* einrieben. Aber diese Episode bei unserer heutigen Begegnung in diesem ruhigen, schallisolierten Zimmer des Airport Hotels zu erwähnen wäre äußerst undiplomatisch gewesen. Ich orientierte mich an Tom und behielt meine Jacke ebenfalls an. Der Drink, den ich mir mixte, war tatsächlich sehr leicht – ein «Geselligkeitsdrink» für den fleißigen Star-Vertreter im täglichen Einsatz an der Verkaufsfront.

Tom zeigte sein ernstes Lächeln, und sein gesamtes Verhalten war gedämpft. Dale Carnegie. Genau wie Tom hatte ich am Dale Carnegie-Seminar teilgenommen; genaugenommen war jeder Angestellte der Firma dazu gezwungen gewesen, und natürlich hatte die Firma die Kosten übernommen. Das Problem für zwei Männer, die beide die Carnegie-Techniken gehört und absorbiert hatten, bestand darin, die Tatsache zu verbergen, daß sie sie bei dem anderen anwenden. In dieser Hinsicht war Tom erheblich besser als ich, weil er einfach besser sein mußte – als Vizepräsident mit einem Jahresgehalt von 70000 Dollar plus Optionsscheinen auf Aktien der Firma. Allerdings war ich einfühlsam genug, und um meine respektvolle Angestelltenrolle aufrechtzuerhalten, ohne dabei jedoch unterwürfig zu wirken (die Firma würde Speichellecker niemals tolerieren), mußte ich nichts anderes tun, als zu reden und mich Tom gegenüber so zu verhalten, als würde auch ich siebzigtausend im Jahr verdienen. Auf gar keinen Fall durfte ich mir anmerken lassen, daß ich Tom – bei welchem Teil des Gespräches auch immer – an Wissen überlegen war, und gleichzeitig durfte ich niemals meine Unkenntnis bei einem angeschnittenen Thema zu erkennen geben. Es war ziemlich einfach, meine Rolle Tom gegenüber zu spielen, da er es mir leicht machte, und ich bewunderte sein Geschick.

Außerdem: Einen alten Bescheißer kann man nicht bescheißen.

Tom war selbst aktiver Pharma-Vertreter und Bezirksleiter für Südkalifornien gewesen, bevor er zum stellvertretenden Verkaufsdirektor befördert worden war. Er war erst fünfunddreißig, sehr zielstrebig, und seine Chancen, eines Tages die Nachfolge des alten Ned Lee als Präsident der Firma anzutreten, standen besser als die der anderen Vizepräsidenten, denen ich in New Jersey begegnet war.

Tom setzte sich auf die Kante des Doppelbettes, stellte sein farbloses Getränk auf den Nachttisch und bedeutete mir, mich auf den Stuhl neben dem Schreibtisch zu setzen. Der Stuhl war knapp vier Meter vom Bett entfernt, und er betonte – falls ich es bislang noch nicht bemerkt haben sollte – die Distanz zwischen uns, die zu unseren jeweiligen Rollen gehörte. Er würde mit einer Entschuldigung beginnen, und ich wartete schweigend darauf, wobei ich eine besorgte Miene zur Schau stellte.

«Ich weiß, daß sechs Uhr nachmittags ein ungünstiger Zeitpunkt ist, Hank, und es tut mir wirklich sehr leid, wenn Sie meinetwegen eine Verabredung absagen mußten.»

Ich schüttelte den Kopf. «Nicht, wenn's um Firmenangelegenheiten geht, Tom», sagte ich. «Und außerdem, wie oft bietet sich mir schon die Gelegenheit, Sie zu sehen?»

Das hatte ich sauber hingekriegt. Einerseits ließ ich durchblikken, daß ich eine Verabredung abgesagt hatte, und andererseits deutete ich an, daß er mir als Mensch und nicht nur als großzügiger Chef sympathisch war.

«Wie gut kennen Sie Julie Westphal, Hank?»

«Sehr gut. Er ist ein langjähriger Freund, und das sage ich nicht nur, weil er mich eingestellt hat. Ich mag ihn als Bezirksleiter, und ich glaube, das beruht auf Gegenseitigkeit. Julie hat mir am Anfang verdammt viel geholfen, und ich habe eine Menge von ihm gelernt.»

«Er mag Sie auch, Hank», sagte Tom und nickte. «Tatsächlich wollte er mit mir aus Atlanta runterkommen. Und wissen Sie auch, warum?»

Ich schüttelte den Kopf.

Tom lachte. «Um Ihnen etwas Verstand einzubleuen, deswegen!»

Ich lächelte. «Für mehr Verstand bin ich immer empfänglich. Jeder kann davon mehr gebrauchen, als er hat. Also, was habe ich jetzt wieder angestellt?»

«Was Sie angestellt haben? Ich will Ihnen sagen, was Sie angestellt haben! Sie sind *Lee Labs'* gottverdammt bester Pharma-Vertreter geworden, das haben Sie angestellt! Und ich werde Ihnen noch etwas verraten, das Sie nicht wissen. Sie sind auch der bestbezahlte Vertreter der Firma – oder haben Sie das schon gewußt?»

«Nein», sagte ich. Und grinste. «Aber ich war schon ein bißchen verdutzt, als ich dieses Jahr statt der üblichen tausend nur eine Gehaltserhöhung von fünfhundert bekommen habe. Was ist los, Tom? Bezahlt ihr mir etwa zuviel?»

«Offen gesagt, Hank, sollten Sie eigentlich überhaupt keine Gehaltserhöhung bekommen. Die fünfhundert haben Sie auch nur gekriegt, weil Sie darauf bestanden haben. Aber das war's für Sie, Hank. Es wird keine weiteren Gehaltserhöhungen mehr geben. Oh, natürlich bekommen Sie die Ihnen zustehenden Anpassungen an steigende Lebenshaltungskosten, und natürlich auch den Ihnen zustehenden Teil der jährlichen Prämien. Aber

Ihr Grundgehalt ist eingefroren. Als Pharma-Vertreter vor Ort befinden Sie sich jetzt in einer beruflichen Sackgasse.»

«Ich komme zurecht», meinte ich achselzuckend. «Tatsächlich mag ich meinen Job und wohne gern hier in Miami, daß ich sogar bei der Firma bleiben würde, wenn Sie mir erheblich weniger zahlen. Bei diesem Job, den Ärzten zu helfen, was wiederum bedeutet, kranken Menschen zu helfen, finde ich jeden Tag aufs neue meine Erfüllung. Es wäre ziemlich schwer für mich, einen anderen Vertreterjob zu finden, der psychologisch gesehen gleichermaßen befriedigend ist.»

Tom nickte. «Ich wünschte, mehr unserer Vertreter würden so denken wie Sie, Hank.» Er seufzte und schüttelte den Kopf. «Allerdings ist eine berufliche Sackgasse eine berufliche Sackgasse, und Sie sind jetzt zweiunddreißig. Man hat Ihnen die Position des Bezirksleiters in Syracuse angeboten, und Sie haben abgelehnt...»

«Ich habe doch erklärt, daß...»

«Lassen Sie mich bitte ausreden, Hank. Natürlich haben Sie abgelehnt, und das mache ich Ihnen auch nicht zum Vorwurf. Ich persönlich wollte auch nicht in Syracuse leben. Man muß ein abgehärteter Mensch sein, um diesem Winter in Syracuse die Stirn zu bieten, sich an Seilen festzuhalten, während die Menschen da oben auf vom Wind gepeitschten verschneiten Straßen gehen müssen. Ich persönlich war gegen die Idee, einen Mann aus Florida überhaupt zu fragen, ob er diese Stelle haben wollte. Und das habe ich im Vorstand auch mit allem Nachdruck vorgetragen. Niemend hat Ihnen das verübelt, Hank. Aber dann haben Sie auch Cleveland abgelehnt.»

«Ja, ich weiß, Tom, aber Cleveland... *Jesus!*»

«Ich stimme Ihnen zu, Hank. ‹Cleveland... *Jesus!*›» Er lachte. «Die einzige Möglichkeit, damit wir Fenwick überreden konnten, Cleveland zu übernehmen, war, ihm eine Eintrittskarte auf Lebenszeit für alle Football-Spiele der Browns zu geben.»

«Oh, das wußte ich nicht, Tom. Statt der Gehaltserhöhung die Sie mir nicht geben werden, akzeptiere ich auch liebend gern eine Eintrittskarte auf Lebenszeit für sämtliche Spiele der Dolphins.»

Tom lachte. «Wer würde das nicht? Für eine Eintrittskarte auf Lebenszeit zu den Spielen der Dolphins würde sogar ich mit Ihnen den Job tauschen! Aber im Ernst, Hank, diese Angebote – Syracuse und Cleveland – sind nicht einfach so gemacht worden. Jede einzelne Beförderung wird eingehend überprüft. *Lee Labs* ist eine erstklassige Firma, und wenn wir einen Mann aus dem aktiven Einsatz als Pharmareferent befördern, handeln wir vorausschauend auf wenigstens ein oder zwei weitere Beförderungen darüber hinaus. Haben Sie schon mal das alte Sprichwort ‹Dreimal ist einmal zuviel› gehört?»

Ich nickte.

«Tja, genau darum geht's. Wenn auch noch die dritte Beförderung abgelehnt wird, obwohl das nur äußerst selten vorkommt, werden wir kein weiteres Angebot mehr machen. Das war's dann, Hank, und ich möchte, daß Sie das begreifen. Also hören Sie mir jetzt aufmerksam zu, und ich sage Ihnen, wie's aussieht.» Er legte eine dramatische Künstlerpause ein, sah mir direkt in die Augen, nickte dreimal und sagte: «Chicago.»

«Chicago? Ich glaube, ich habe es Ihnen doch schon einmal gesagt, Tom – genaugenommen bin ich sogar sicher, daß ich es gesagt habe –, daß ich beabsichtige, für den Rest meines Lebens in Miami zu bleiben. Ich schlage hier Wurzeln, ich liebe das Klima, ich...»

«Moment, Hank. Glauben Sie, ich wäre ein Narr? Hören Sie mir zu.» Er stand auf, kam auf mich zu und blieb einen Meter vor mir stehen. Jetzt mußte ich zu ihm aufschauen, um Blickkontakt zu halten.

«Als ich Chicago sagte, meinte ich nicht, daß Sie unser *Chicagoer Vertreter* sein würden, um Himmels willen! Wir haben schon zwei Vertreter in Chicago. Ich biete Ihnen den ganzen Mittleren Westen als *Bezirksleiter* an! Wenn Sie behaupten würden, Sie wollten in Chicago unbedingt leben, würde ich Ihnen antworten, daß Sie nicht mehr alle Tassen im Schrank haben.

Aber als Bezirksleiter werden Sie nur an den Wochenenden in Chicago sein. Ihre Zentrale wird dort sein – kein Büro, Sie werden von Ihrer Wohnung aus arbeiten und Ihre Post dorthin bekommen, aber während der Woche sind Sie unterwegs. Lassen Sie mich das genau erklären, und wenn Sie das Angebot immer noch ablehnen, nachdem ich Ihnen alles erzählt habe, ist das allein Ihre Entscheidung. Okay? Sonntagabend verlassen Sie den O'Hare International und fliegen nach den Twin Cities. Ein Tag in St. Paul, ein Tag in Minneapolis. Dienstagabend fliegen Sie weiter nach St. Louis und verbringen dort den Tag. Mittwoch sind Sie in Iowa City, und vielleicht schaffen Sie jede zweite Woche mittwochs den Hopser nach Butte statt nach Iowa City. Donnerstags sind Sie in Indianapolis, freitags in Detroit, und Freitagabend sind Sie zum Cocktail wieder in Chicago. Wenn Sie wollen, können Sie ab und zu Detroit einfach auslassen und den Tag damit verbringen, Ihre beiden Chicagoer Pharma-Vertreter zu kontrollieren. So haben Sie ab und an mal einen Tag Verschnaufpause. Der Mittlere Westen ist unser schwächster Bezirk, was die Verkaufszahlen betrifft. Wir haben für diese Städte gute und vielversprechende junge Männer ausgesucht, aber das sind keine echten Verkäufer – noch nicht. Wir rechnen mit Ihnen, daß Sie denen ordentlich Feuer unter dem Hintern machen, daß Sie absolute Verkaufskanonen aus ihnen machen.»

«Ich will einfach nicht aus Miami weg, Tom. Ich glaube, ich leiste hier unten gute Arbeit für die Firma…»

«Gut? Sie machen Ihre Arbeit hier unten phantastisch! Wann ist Julie Westphal das letzte Mal aus Atlanta runtergekommen, um Ihre Verkaufstechniken zu diskutieren?»

«Ich will Julie ja nicht in Schwierigkeiten bringen, Tom, aber er ist seit über zwei Monaten nicht mehr hier gewesen.»

Tom grinste. Er setzte sich auf die Schreibtischkante, womit er immer noch größer war als ich. Er starrte auf die Wand und legte eine Hand auf meine rechte Schulter.

«Ich weiß Bescheid, Hank. Ich habe Julies Berichte gelesen. Er kommt nicht runter, um Sie zu kontrollieren, weil ich ihm gesagt habe, er soll Sie in Ruhe lassen, und weil, wie er selbst zugegeben hat, es sowieso nur reine Zeitverschwendung wäre, wenn er Sie kontrollieren wollte. Was kann er Ihnen sagen, das Sie nicht ohnehin schon wissen? Wir wissen, wie hoch die Verkäufe hier unten sind, und wenn Sie nicht ständig unterwegs wären und sich mächtig ins Zeug legten, würden die Zahlen fallen. Julie ist ein verdammt guter Mann, aber auch er hat seine Grenzen, und seine Position als Bezirksleiter für den Südwesten ist sein letzter Job. Diese Information ist natürlich vertraulich.»

«Natürlich.»

«Statt also runterzukommen, verbringt Julie zusätzliche Zeit in Auburn und Birmingham, wo er zwei jungen Vertretern helfen kann, die seine Hilfe wirklich noch brauchen. Aber in Ihrem Fall, Hank, haben wir andere Pläne. Angesichts der Qualitätsprodukte, die wir herstellen, expandieren wir nur langsam, aber wir *expandieren*. Ich sagte ja schon am Telefon, daß ich vierundzwanzig Stunden nicht mehr geschlafen habe, und jetzt verrate ich Ihnen auch den Grund. Diese Zeit habe ich mit zwei Anwälten in einem Hotelzimmer in Boston verbracht. Wir haben *Franklin Toothbrushes* aufgekauft. Sie haben die Dinger sicher schon in Drugstores gesehen, und es war eine zusätzliche Produktlinie, die uns noch fehlte. In spätestens einer Woche werden Sie einen Musterkoffer mit Zahnbürsten erhalten.» Er grinste breit, und wenn Tom grinste, verschwanden seine Lippen völlig, und sein Mund wurde zu einem flachen U. «Sie werden sich nie wieder eine Zahnbürste kaufen müssen, Hank.»

Tom nahm mein Glas und mixte mir einen weiteren leichten Drink. Ich steckte mir eine neue Zigarette an der alten an. Ich war kein Kettenraucher, aber der gottverdammte Druck zermürbte mich langsam.

Als er mir mein Glas reichte, stand ich auf, trat ans Fenster und zog die Jalousien hoch. Es gab keine Aussicht; die hochgezogenen Jalousien gaben den Blick auf eine weiße Betonwand frei – wie sonst sollte man ein Zimmer schallisolieren, wenn alle dreißig Sekunden ein Flugzeug darüber wegdonnerte? Ich ließ die Jalousie wieder runter.

«Ich fühle mich wirklich sehr geschmeichelt, Tom», sagte ich langsam. «Aber Miami verlassen, Florida verlassen...» Ich schüttelte den Kopf.

«Okay, Hank, ich rede jetzt über Geld. Setzen Sie sich aufs Bett. Das ist bequemer.»

Er setzte sich wieder auf den Schreibtisch, und jetzt, als ich mich aufs Bett setzte, waren die vier Meter Distanz plötzlich wieder da, und er sah von seinem Aussichtspunkt auf dem Schreibtisch immer noch auf mich herab. «Ich weiß, daß Sie als alleinstehender Mann mit Ihrem Gehalt zurechtkommen, Hank, und Sie dürften auch noch ein paar Dollar auf die hohe Kante legen. Ich hab's getan, als ich noch an der Verkaufsfront stand, und was Spesen betrifft, sind wir ja auch ziemlich großzügig. In manchen Fällen sogar zu großzügig, aber darauf möchte ich jetzt gar nicht näher eingehen, da Sie in dieser Hinsicht nie auffällig geworden sind. Aber der Mittlere Westen bedeutet einen Gehaltssprung von fünftausend Dollar, und Sie werden an fünf Tagen der Woche unterwegs sein. Das wiederum bedeutet Spesengelder an fünf von sieben Tagen. Denken Sie mal drüber nach. Sagen Sie jetzt nichts. Denken Sie einfach drüber nach. Fünf Jahre später haben Sie den Job im Mittleren Westen erledigt, von dem wir glauben, daß Sie es schaffen werden – und das tun wir wirklich, denn andernfalls hätten wir uns nicht für Sie entschieden –, und dann werden Sie wieder befördert. *Lee Labs* hat ehrgeizige Pläne, und eines Tages werden wir den Posten eines stellvertretenden Ausbildungsdirektors schaffen. Die Ausbildung gehört zur Zeit noch zu meinem Aufgabenbereich, aber wenn wir weiter expandieren, werde ich einige Verantwortungen abgeben müssen. Nicht heute, und auch nicht in drei Jahren, aber ich würde sagen, daß diese Position in vier Jahren, vielleicht auch erst in fünf Jahren, absolut nötig werden wird. Ich verspreche Ihnen die Stelle nicht – ich verspreche einem Mann niemals irgendeine Scheiße. Aber ich habe so eine Ahnung, daß Sie den

Job in fünf – oder vielleicht auch vier – Jahren *für sich* beanspruchen werden, und wenn wir Ihnen dann nicht den Posten eines stellvertretenden Direktors oder eine vergleichbare Stelle anbieten, wird es eben eine andere Firma tun. Ja, Hank, ich fürchte, Sie werden uns eines Tages gottverdammt ganz schön in die Zange nehmen.»

«Was passiert, wenn ich beschließe, in Miami zu bleiben?»

«Im Namen der Firma gesprochen, Hank: Nichts könnte mich glücklicher machen! Wir werden keinen Ersatzmann finden, der auch nur halb so gut ist wie Sie, und solange Sie hier sind, ist dies ein Bezirk, um den Julie und ich uns keine Sorgen machen müssen. Für die Firma wäre es wunderbar. Bestens. Wir brauchten uns endgültig keine Sorgen mehr um Miami machen – nicht für die nächsten fünf Jahre. Aber Sie sind auch nur ein *Mensch*, Hank.»

Tom sprang auf den Boden, kam zum Bett, setzte sich neben mich und legte den rechten Arm um meine Schultern. Er senkte die Stimme.

«Ich will ehrlich zu Ihnen sein, Hank. Ich mag Sie, Sie geiler, beschissener Bastard! Das wissen Sie doch, oder?»

Ich nickte.

«Sie mögen mich doch auch, Hank, oder? Haben wir beide uns nicht prächtig amüsiert?»

«Sie wissen, was ich von Ihnen halte, Tom.»

«Richtig. Dann lassen Sie sich jetzt von mir eine kleine Geschichte erzählen. Ich weiß, daß Sie Johnny Maldon kennengelernt haben. Er war auf dem letzten Kongreß in Atlanta, und Sie haben wahrscheinlich auch schon auf anderen Tagungen mit ihm gesprochen oder ihn doch wenigstens gesehen. Hat Julie Ihnen gegenüber je etwas von Johnny erzählt?»

«Nein», log ich. «Julie spricht nicht über seine anderen Vertreter, es sei denn, sie hatten eine gute Idee.»

«Gut! Johnny hatte seit zehn Jahren keine gute Idee mehr, aber vor achtzehn Jahren war er ein verdammt guter Mann. Er war nie so gut wie Sie, aber wenigstens ist er rausgefahren und hat sich den Arsch aufgerissen. Als ich Ihnen vorhin sagte, daß Sie der bestbezahlte Vertreter bei *Lee* sind, habe ich Ihnen nicht die ganze Wahrheit erzählt. Was haben Sie verdient, als Sie bei uns angefangen haben?»

«Neuntausend plus Firmenwagen.»

«Genau das verdient Johnny heute noch, Hank! Neuntausend im Jahr plus Firmenwagen. Er hat seit sieben Jahren keine Gehaltserhöhung mehr bekommen, und er wird auch nie mehr eine kriegen. Aber Johnny ist eigentlich unser bestbezahlter Vertreter, Hank, weil er in Wahrheit nämlich neuntausend Dollar die *Stunde* verdient – die *eine* Stunde, falls es überhaupt soviel ist, die er im Verlauf eines ganzen Jahres für die Firma arbeitet.»

Tom schüttelte den Kopf und seufzte.

«Nehmen wir also mal an, Sie bleiben in Miami, Hank. Die nächsten vier oder fünf Jahre – alles bestens. Keine Probleme. Für Sie nicht, für die Firma nicht. Aber jedes Jahr steigt die Inflationsrate. Wenn Johnny heute in Alabama ein Jahr lang von neuntausend leben kann, glauben Sie, heute in fünf Jahren in Miami von zweiundzwanzigtausend leben zu können? *In Miami?* Sie werden verbittert sein, und Sie werden unglücklich sein, und Sie werden sich selbst ganz sicher keine Vorwürfe machen – oh, nein, Sie werden der Firma die Schuld geben. Und wenn Sie erst mal anfangen, die Firma verantwortlich zu machen, dann werden Sie auch im Job nachlassen. Sie werden nur noch einen Tag in der Woche arbeiten, statt drei oder vier, und die Verkaufszahlen in Miami werden sinken. Der alte Ned Lee wird dann auch nicht mehr da sein, um Ihren Arsch zu retten. Wenn er sein Versprechen wahrmacht, wird Ned nächstes Jahr das Amt des Präsidenten abgeben und sich darauf beschränken, nur noch als Aufsichtsratsvorsitzender bei den monatlichen Aufsichtsratssitzungen den Hammer zu schwingen. Sie sind dann siebenunddreißig Jahre alt, und Sie werden immer noch auf der Straße sein, Hank. Das liegt in der menschlichen Natur. Und selbst wenn Sie weiterhin gute Arbeit leisten, und ich habe so eine Ahnung, daß Sie Ihre Arbeitsqualität nicht von Verbitterung beeinflussen lassen werden, wird Ihnen das auch nicht viel helfen. Sie sind nicht der Typ, Hank. Aber wie auch immer, die anderen leitenden Angestellten der Firma werden sich fragen, was mit Ihnen los ist. Und warum? Weil es unamerikanisch ist, eine Beförderung abzulehnen, deshalb. Alle werden denken – zu Recht oder Unrecht –, daß Sie keinen Ehrgeiz haben. Und wenn sie glauben, Sie hätten keinen Ehrgeiz, werden sie natürlich als nächstes sofort folgern, daß gleichgültig, wie gut Ihre Verkaufszahlen in Miami auch immer sein mögen – von Key West bis Palm Beach –, sie eigentlich noch besser sein könnten, erheblich besser – egal, wie hart Sie tatsächlich arbeiten.»

«Jesus, Tom», sagte ich, «eine Menge Männer bleiben ihr Leben lang bei einem Job...»

«Natürlich tun sie das, Hank. Aber das sind dann wohl auch kaum alles andere als ehrgeizige Männer, oder?»

«Aber wenn sie doch damit glücklicher sind? Was zum Teufel...?»

«Hank, wenn Sie heute in fünf Jahren immer noch nur zweiundzwanzig Riesen pro Jahr verdienen, garantiere ich Ihnen, daß Sie hier in Miami ein verdammt unglücklicher Scheißkerl sein werden. Glauben Sie mir. Wie wär's mit noch einem Drink, und dann muß ich Sie rausschmeißen. Ich muß ein paar Stunden schlafen, bevor ich in die Mitternachtsmaschine steige.»

«Ich lasse den Drink aus, Tom.»

«Okay. Entscheiden Sie sich nicht sofort. Denken Sie drüber nach... Die Entscheidung liegt ganz allein bei Ihnen, und ich will Sie todsicher nicht beeinflussen. Wie auch immer Sie sich entscheiden, mir soll's recht sein. Ich bin vielleicht ihr Boss, aber ich bin mehr Freund als Chef, und ich glaube, das wissen Sie auch. Also, wie auch immer, ich stehe hinter Ihnen. *Lee Labs* ist heute doppelt so groß wie vor zehn Jahren, aber wir glauben immer noch an den persönlichen statt hierarchischen Führungsstil, was die Beziehungen zu unseren Mitarbeitern betrifft. Und falls die Firma je vergessen sollte, daß Angestellte auch nur *Menschen* sind, steige ich aus, und dann können sie sich ihre siebzigtausend Dollar sonstwohin schieben!»

Wir standen auf. Ich stellte mein Glas auf den Schreibtisch.

«Ich bin die kommende Woche, vielleicht werden's auch zehn Tage, im Coronado Beach in San Juan. Gonzales ist der einzige Katholik in der Firma, und jetzt will er einen Schwarzen für die Leeward Islands einstellen. Was halten Sie davon, Hank?»

«Ich wußte nicht, daß Gonzales unser einziger Katholik ist.»

«Ned Lee haßt Katholiken. Ich dachte, Sie wüßten das. Aber wir brauchten einen Sprachkundigen in der Karibik, und Gonzales spricht Spanisch, Französisch und sogar das haitianische Patois. Außerdem ist Gonzales gebürtiger Puertoricaner mit einem Bakkalaureus der Naturwissenschaften von der Tufts University.»

«Ich mag Gonzales», sagte ich. «Außerdem halte ich es für eine gute Idee, einen schwarzen Pharma-Vertreter einzustellen – besonders, wenn sie in der Karibik bleiben.»

«Ich bin ganz Ihrer Meinung, Hank. Falls Sie den Mittleren Westen übernehmen, werden wir Sie übrigens bitten, einen schwarzen Pharma-Vertreter für Detroit einzustellen. Der Bursche, den wir im Moment in Detroit haben, hat Angst, mit dem Wagen in einige Gegenden seines Gebietes zu fahren.»

Ich wollte zur Tür gehen, doch Tom nahm mit Daumen und Zeigefinger meinen linken Ellbogen in einen Zangengriff.

«Sie haben also eine Woche, Hank. Rufen Sie mich als R-Gespräch im Coronado Beach in Puerto Rico an, wenn Sie sich entschlossen haben, was Sie tun wollen.»

«Das kann ich Ihnen auch jetzt schon sagen, Tom...»

«Ich will es aber jetzt nicht wissen! Ich will, daß Sie darüber nachdenken und mich später anrufen.»

«In Ordnung.»

Als ich runterkam, genehmigte ich mir einen doppelten Brandy in der *Dobbs House Lounge*, anschließend verließ ich das Terminal. Tom hatte etwas ungeschickt versucht, mich zu manipulieren. Wäre er nicht so müde gewesen, und er hatte wirklich erschöpft ausgesehen, hätte er es erheblich raffinierter angestellt, statt mir mit der Holzhammermethode zu kommen. Dennoch stimmte nur die Hälfte von dem, was er sagte. Ich würde auch in Miami meine Gehaltserhöhung bekommen. Wenn nicht, gab es auch noch andere pharmazeutische Firmen, die mich in einem Jahr oder so bei einem erheblich höheren Gehalt einstellen würden. Wenn also *Lee* mir nicht zahlte, worauf ich ein Recht hatte, würde ich es anderswo bekommen. Aber in sieben oder acht Jahren – und nicht in fünf – würde ich wirklich erstarrt sein und nicht mehr kündigen können – genau wie Johnny Maldon in Tuscaloosa. Ich hoffte jedoch, in zehn Jahren ein Vermietungsobjekt zu besitzen, vielleicht ein kleines Apartmenthaus. Ich brauchte nichts anderes tun, als mein Geld zu sparen. Aber es ist verdammt schwer, in Miami zu sparen. Ich würde mir einen regulären Sparplan ausarbeiten müssen. Und das bald.

Dank der Sommerzeit schien um acht Uhr abends immer noch die Sonne. Ich schlängelte mich durch den dichten Verkehr auf die andere Straßenseite zum Parkhaus und fuhr mit dem Fahrstuhl auf die oberste Ebene. Ich schloß meinen Wagen auf, warf einen flüchtigen Blick auf den Rücksitz, und noch bevor ich den physischen Beweis bewußt akzeptierte, hörte ich das Ticken eines Weckers. Um die drei Stangen Dynamit waren vier rotweiße Kabel gewickelt, und diese Kabel waren mit einem Wekker verbunden.

Ohne die Tür zuzuschlagen, machte ich auf dem Absatz kehrt und rannte die Ausfahrtsrampe hinunter. Ich blieb erst wieder stehen, als ich im Erdgeschoß war.

16

Schnaufend stützte ich mich im Erdgeschoß mit beiden Händen an einem Betonpfeiler ab und kotzte Galle. Mein Magen verkrampfte sich ein paarmal, aber ich atmete tief durch den Mund ein, bekam meinen Körper wieder unter Kontrolle und konnte das Verlangen nach Flucht beherrschen. Mein Hemd war durchgeschwitzt und meine Anzugjacke unter den Achseln feucht. Ich zog die Jacke aus, wischte mir mit dem Hemdsärmel den Schweiß vom Gesicht und aus den Augen.

Den Autoschlüssel hatte ich mit allen meinen anderen Schlüsseln in der Tür steckenlassen. Autos rasten lärmend ins Parkhaus, suchten auf der ersten Ebene einen freien Platz, den sie aber nicht fanden, bevor sie die Auffahrt weiter zur zweiten oder dritten oder vierten Etage hochfuhren. Da man ja den Fahrstuhl nehmen konnte, verschwendete ich nie Zeit darauf, auf der untersten Ebene einen Parkplatz zu finden, wenn ich zum Flughafen kam. Ich fuhr sofort auf das oberste Parkdeck, wo es praktisch immer freie Stellplätze gab. Ich versuchte mich an die Fabrikate der anderen Autos dort oben zu erinnern, doch es gelang mir nicht. Außerdem fragte ich mich, ob Mr. Wright auf der obersten Ebene lauerte, wie besessen herumschlich, um über die Explosion zu jubeln. Doch wegen der damit verbundenen Gefahr erschien mir das sehr unwahrscheinlich. Außerdem fragte ich mich, auf welchen Zeitpunkt der mit dem Dynamit verbundene Wecker auf meinem Rücksitz eingestellt war.

Ich sah auf die Uhr. Es war acht Uhr zweiundzwanzig. Falls Wright so was wie Ordnungssinn besaß, würde er die Explosion auf halb neun oder neun Uhr eingestellt haben – falls er einen Ordnungs*sinn* hatte. Ein Mann, der verrückt genug war, Dynamit in dem Wagen eines anderen zu deponieren, hatte höchstwahrscheinlich für überhaupt nichts einen Sinn. Mein Verstand funktionierte auch nicht so besonders, denn andernfalls wäre ich kein Risiko eingegangen. Aber als ich mit dem Fahrstuhl auf die oberste Parkebene fuhr, ging ich das Risiko in der Hoffnung ein, Mr. Wright zu begegnen. Wenn es dazu kam, würde ich ihn entwaffnen, ihm seine eigene Pistole in die Visage schieben und den verdammten Scheißkerl anschließend über das Geländer der vierten Etage schmeißen und zusehen, wie er unten auf den Asphalt klatschte.

Ich näherte mich vorsichtig meinem Auto. Die Tür stand immer noch offen. Ich zog die Schlüssel ab, warf einen Blick auf den Rücksitz und bemerkte, daß sich das rote Papier an einer der Dynamitstangen gelöst hatte und träge hin und her flatterte. Ich sah genauer hin. Das freiliegende Ende der Dynamitstange ähnelte einem abgesägten Stück Holz. Ich kippte den Fahrersitz nach vorn und befingerte vorsichtig das locker um ein kurzes Stück Besenstiel gewickelte Seidenpapier. Genau dasselbe bei den beiden anderen «Stangen». Die mit dem Wecker verbundenen Drähte hatten auch keinerlei Funktion. Es gab keine Batterie, und in den drei Holzstangen steckten auch keine Zündkapseln. Die Bombe war eine Täuschung. Ich warf die eingewickelten Holzstangen und den Wecker auf den Parkhausboden und stieg ein.

Ich öffnete das Handschuhfach und entdeckte, daß mein .38er nicht mehr da war.

Mir fiel beim besten Willen nicht ein, wie Mr. Wright – im voraus – hatte wissen können, daß ich zum Flughafen fuhr, es sei denn natürlich, er hörte mein Telefon ab. Aber selbst dann – und eine Wanze war ziemlich unwahrscheinlich – konnte er immer noch nicht wissen, daß ich in diesem Parkhaus auf der obersten Ebene parken würde. Es gibt buchstäblich Hunderte von Stellen, wo man auf dem Miami Airport parken kann, und der ständige Verkehr dort ist unglaublich. Aber irgendwie war Wright mir gefolgt, hatte mich beobachtet und den falschen Sprengkörper abgelegt, nachdem er meine Pistole gestohlen hatte. Woher, fragte ich, konnte er nur einen Schlüssel zu meinem Riviera besitzen? Und wieso eine unechte Bombe zurücklassen? Wieso keine echte?

Der Mann war verrückt, das war alles. Er mußte es einfach sein. Soweit ich es nachvollziehen konnte, spielte er mit mir, ließ mich, in merkwürdigen Schritten, wissen, daß er mich töten konnte, wann immer er wollte, und daß ich nichts, absolut nichts dagegen tun konnte. Der bösartige Bastard machte sich einen Spaß daraus und lachte über meine albernen Reaktionen.

Irgendwie schaffte er es, mir wie ein verdammter Geist durch die ganze Stadt zu folgen, und jedesmal, wenn ich meinen Wagen irgendwo zurückließ, konnte er nach Lust und Laune hineinkommen. Wahrscheinlich war er auch jetzt irgendwo ganz in der Nähe und beobachtete mich, auch wenn ich ihn nicht sehen konnte. Ich schüttelte mich. Auf den Verdacht hin (oder auch nicht), daß er diesmal eine echte Bombe unter der Kühlerhaube deponiert haben könnte, statt nur eines Knallkörpers, kontrollierte ich den Motorraum, warf einen Blick unter das Auto und durchwühlte den Kofferraum. Keines meiner Warenmuster fehlte, noch war einer der versiegelten Kartons mit Medikamenten aufgerissen worden.

Ich setzte mich auf den Fahrersitz, schloß die Tür, ließ den Motor an, schaltete die Klimaanlage ein und rauchte eine Zigarette. Ich war hundemüde. Nachdem mir an diesem Tag zweimal ein übler Schrecken eingejagt worden war, dann noch der zusätzliche Druck von Tom Davies, ging meinem Körper so langsam das Adrenalin aus.

17

Als ich die Zigarette ausdrückte, hatte ich einen Plan. Einen dummen Plan vielleicht, aber ich würde es so oder so versuchen. Doch vorher mußte ich etwas essen – zum Teufel mit meiner Diät. Ich brauchte alle Kraft, die ich aufbringen konnte.

Ich bog zum *Pigskin Bar-B-Que* an der LeJeune ein und bestellte zwei Schweine-Barbecue-Sandwiches und einen doppelten Schoko-Milkshake. Es war mein erster Milkshake seit zwei Jahren, und ich hatte völlig vergessen, wie gut das Zeug schmeckte. Nach dem Essen fühlte ich mich gleich erheblich besser, und obwohl ich nicht besonders optimistisch war, was das Gelingen meines hastig ausgedachten Planes betraf, fühlte ich mich wohl angesichts der Tatsache, daß ich etwas *tun*, gegen Mr. Wright tun würde, statt einfach nur abzuwarten, was als nächstes passierte.

Anstatt mir weiter über seine unheimliche Fähigkeit Sorgen zu machen, mir durch die überfüllte Stadt folgen zu können wie ein listiger Natty Bumppo, der die Stadt wie seine Westentasche kannte, begann mich jetzt die Möglichkeit zu beunruhigen, ihn womöglich zu verlieren.

Es war dunkel, als ich das Drive-in verließ. Ich nahm den Airport Expressway nach Miami Beach, blieb die ganze Zeit auf der äußersten Spur, ohne schneller als siebzig zu fahren. Ich wollte den Bastard nicht verlieren; ich wollte ihn finden, indem ich es ihm so einfach wie nur möglich machte, mir zu folgen.

In Miami Beach fuhr ich gemächlich über die Arthur Godfrey Road, bog in die Seitenstraße hinter dem *Double X Adult Theater* und hielt auf dem winzigen Parkplatz. Der alte Knabe, der mir den Parkzettel gab, wollte wissen, ob ich ins *Double X Theater* ging, und als ich diese Frage bejahte, erinnerte er mich, meinen Parkschein von dem Mädchen an der Kasse abstempeln zu lassen, bevor ich den Wagen wieder abholen kam.

«Andernfalls, Kumpel», brummte er, «kostet Sie das Parken hier einen Buck pro Stunde. Das hier ist kein normaler Parkplatz, wissen Sie, er ist für die Kinobesucher.»

«Ich weiß», erwiderte ich. «Ich war schon mal hier.»

Es wurden zwei Filme gezeigt. Beide hatte ich schon mal mit Larry gesehen, als sie vor ein paar Wochen im *Kendall Mini-Theater* liefen. Die Filme hießen *A Hard Man's Good to Find* und *Coming Attractions*, und beide dauerten eine Stunde. Damit hatte ich etwa zwei Stunden, um herauszufinden, ob mein Plan funktionierte. Ich holte das Moniereisen aus dem Kofferraum und wickelte es in das ölverschmierte rosa Handtuch, das ich ebenfalls dort aufbewahrte.

Der Kubanerin hinter der Kasse gab ich meine vier Dollar Eintrittsgeld. Sie warf dem gefalteten rosa Handtuch einen scharfen Blick zu und schnupperte verächtlich, doch das störte mich nicht weiter. Wahrscheinlich hatte sie sowieso keine besonders gute Meinung von den Besuchern des *Double X*.

Ich fand einen freien Platz und schaute zu, wie sich zwei

nackte Blondinen auf der Leinwand ungefähr zehn Minuten zu Rock-Musik massierten, während ich eine Zigarette rauchte und mich auf die Dunkelheit einstellte. Im Zuschauerraum verteilt saßen vielleicht dreißig Leute. Die meisten von ihnen waren Männer, aber zwei grauhaarige alte Damen saßen nebeneinander, und zwei jüngere Frauen – in Begleitung ihrer Freunde oder Männer – kicherten eine Menge.

Ich verließ meinen Platz und ging ins Foyer. Ich sah Wright nicht im Zuschauerraum, aber ich spürte trotzdem, daß er irgendwo in der Nähe war oder wußte, daß ich im Kino war. Ein Mann stand vor der Glastheke, an der man Süßigkeiten und Pornos kaufen konnte. Außer Süßigkeiten und Popcorn lag eine große Auswahl an Porno-Gerätschaften und Standfotos in der Glasvitrine. Ich wartete, bis der Mann eine Schachtel Popcorn, einen Riegel *Mounds* und einen Noppen-Pariser gekauft hatte und wieder in den Zuschauerraum verschwunden war, bevor ich dem Mädchen hinter der Theke ein Päckchen Kaugummis abkaufte. Ein paar Minuten kaute ich im leeren Foyer auf zwei Streifen herum und ging dann auf die Herrentoilette, als ich sicher war, daß das Mädchen mich beobachtete.

Das Fenster in der schäbigen kleinen Toilette war knapp anderthalb Meter über dem Waschbecken. Es war einen Meter breit, etwa fünfzig Zentimeter hoch und hatte drei Scheiben. Ich kletterte aufs Waschbecken, entriegelte das Fenster und ließ es nach innen vor die Wand herunterfallen. Dann hakte ich das Fliegengitter aus und drückte es nach draußen. Scheppernd krachte das Ding auf den Asphalt des Parkplatzes. Ich schaute hinaus, aber der alte Parkwächter war gerade auf der anderen Seite und hatte offensichtlich nichts gehört. Vom Fenster bis zum Boden draußen waren es ungefähr drei Meter, kein Problem für einen Mann, der sich auf dem Bauch hinausschob und sich dann, mit den Fingern am Sims festhaltend, runterfallen ließ.

Ich nahm ein Blatt von dem braunen Abtupfen-nicht-reiben-Papier aus dem Behälter neben dem Waschbecken und schrieb mit meinem Kugelschreiber in Druckbuchstaben «AUSSER

BETRIEB» darauf. Ich mußte die Blockbuchstaben mehrere Male nachziehen, damit es auf dem braunen Papier zu lesen war. Das improvisierte Schild klebte ich mit Kaugummi an die Außenseite der Toilettentür und schloß mich dann auf dem Klo ein. Unter der geschlossenen Tür war mindestens ein halber Meter Platz, genau wie unter der Seitenwand, die die Kabine vom Pissoir trennte. Ich balancierte auf der Klobrille und ging in die Hocke, um meinen Oberkörper zu verstecken. In der metallenen Seitenwand befand sich ein winziges Loch, und mit einem Auge konnte ich etwas erkennen. Ich konnte einen Mann beobachten, der vor dem Pissoir stand, und außerdem würde ich einen flüchtigen Blick auf jeden werfen können, der durch die Tür hereinkam.

Es war verdammt heiß auf dem Scheißhaus. Die stinkende Latrine war, anders als das restliche, stinkende Kino, nicht klimatisiert, und die leichte Anstrengung, auf das Waschbecken zu klettern und das Fenster zu öffnen, hatte meine Poren geöffnet. Unmittelbar vor mir war der Spalt an den Türscharnieren gerade breit genug, den fleckigen Spiegel über dem Waschbecken zu sehen, nicht aber das Waschbecken selbst. Wie ich da kauerte, unbequem, in dieser Hitze schwitzend, die Beine aufgrund meiner unnatürlichen Haltung zunehmend verkrampfter, kam ich mir wie ein verdammter Idiot vor.

Ich umklammerte das eingewickelte Moniereisen mit der rechten Hand und richtete mich auf ein längeres Warten ein. Ohne Rücksicht auf die Unbequemlichkeit würde ich die ganzen zwei Stunden durchhalten. Früher oder später mußte Wright bemerken, daß ich nicht mehr im Zuschauerraum war, und dann würde er herausfinden, daß ich aufs Scheißhaus gegangen war. Vielleicht wußte er es ja auch schon. Wenn er reinkam, um nachzusehen, und entdeckte, daß das Fenster offenstand, würde ich mich auf ihn stürzen. So sah mein simpler Plan aus, aber je länger ich dort hockte, desto blöder kam mir die Idee vor.

Ein junger Latino von vielleicht zwanzig oder einundzwanzig kam herein und kämmte sich vor dem Spiegel seine zotteligen

Locken. Er schlenderte zum Pissoir und zog den Hosenstall auf. Während ich ihn beobachtete, masturbierte er schnell ins Pißbecken. Ungefähr zwanzig Sekunden – *zip, zip, zip*. Weder hatte ich erwartet, so was mitansehen zu müssen, noch wollte ich es sehen. Ich bekam vor Verlegenheit einen knallroten Kopf. Ich spürte die Hitze in meinen Wangen aufsteigen. Er kehrte ans Waschbecken zurück, kämmte sich wieder die Haare und verließ, ohne sich vorher die Hände zu waschen, das Scheißhaus.

Erneut stieg die Wut über Mr. Wright in mir auf. Wegen ihm war ich zum Voyeur geworden. Die Tatsache, daß es ungewollt geschehen war, machte mir auch kein besseres Gefühl über die erbärmliche Lage, in der ich mich befand. Aber was zum Teufel erwartete ich denn? Deswegen kamen doch die meisten Besucher ins *Double X Theater*, und in den nächsten beiden Stunden würde ich wahrscheinlich noch ein weiteres Dutzend Männer hereinkommen und wichsen sehen. Diese triste Aussicht entmutigte mich dermaßen, daß ich beinahe schon beschloß, meinen Posten aufzugeben und etwas anderes zu versuchen, aber dann ging die Tür wieder auf.

Der Mann, der jetzt hereinkam, war zierlich und hatte schulterlanges, gelocktes blondes Haar. Er trug rosafarbene Bermudashorts, Turnschuhe mit schwarzen Stützsocken und ein kräftiges schwarzes Jeanshemd, dessen lange Zipfel über die Shorts hingen. Seine mageren weißen Beine waren unbehaart. Er ging schnell zum Waschbecken und kletterte hinauf. Ich hob meinen Kopf ein Stück und konnte über die Türkante seinen Hinterkopf sehen, als er durch das offene Fenster nach draußen schaute. Die langen Locken flatterten leicht, als eine Böe feuchter Luft durch das Fenster hereinwehte, und ich vermutete – und handelte daraufhin sofort –, daß dieser Mann vielleicht mein Mr. Wright sein könnte, der eine blonde Perücke trug.

Ich schnippte das Türschloß auf und sprang gleichzeitig auf den Betonfußboden. Meine verkrampften Beine prickelten schmerzhaft, als das Blut plötzlich wieder ungehindert zirkulieren konnte, doch ich ignorierte den Schmerz. Als ich die Tür aufstieß, wirbelte der Mann herum und sprang vom Waschbecken. Der weit ausgeholte Schwinger, zu dem ich bereits mit dem Moniereisen ausgeholt hatte, streifte seinen Oberarm, bevor er mit den Füßen wieder auf dem Boden war. Er ging auf die Knie, grunzte, umklammerte mit der rechten Hand seinen linken Oberarm und versuchte sich aufzurappeln. Mein nächster, kräftig nach unten geführter Schlag, erwischte ihn genau zwischen Hals und Schulter. Sein linker Arm erschlaffte, als er einen Augenblick gelähmt wurde. Er öffnete den Mund zu einem Schrei, aber ich hinderte ihn rechtzeitig.

«Nur ein Ton», sagte ich, hob dabei wieder meinen rosa Prügel, «und du bist tot!»

Sein Mund blieb offen, und als ich zu ihm herabschaute, konnte ich die goldene Brücke auf seinen Backenzähnen sehen. Er blubberte, schrie oder brüllte jedoch nicht. Er wimmerte unwillkürlich, doch das wurde durch die Luft verursacht, die er aus seiner Kehle preßte. Natürlich war das hier Mr. Wright mit einer blonden Perücke! Hätte ich es geahnt, wäre er auch mit Perücke sofort zu erkennen gewesen – selbst wenn er sich seinen dichten schwarzen Schnurrbart abrasiert hätte. Doch den Schnurrbart hatte er behalten, und durch die Perücke, jetzt, nachdem ich wußte, daß er eine Perücke trug, sah er ekelerregend lächerlich aus. Ich erinnerte mich nicht, ihn seit unserer ersten Begegnung gesehen zu haben. Höchstwahrscheinlich mußte ich ihm auf dem Flughafen oder an der Universität begegnet sein, hatte ihn jedoch keines zweiten Blickes gewürdigt. Die Verkleidung war perfekt. Männer mittleren Alters mit langen Haaren und Bermudashorts sind nichts Ungewöhnliches, ganz besonders nicht in Miami Beach, wo solche Klamotten fast schon so was wie eine Touristen-Uniform geworden sind.

Ich wartete einen Augenblick, ließ ihn zu Atem kommen, bevor ich ihm befahl, sich mit ausgestreckten Armen flach auf den Bauch zu legen. Ich zog die Brieftasche aus seiner linken Gesäßtasche und meine .38er aus der rechten. Seine schwere .357er Magnum steckte in einem Lederholster unter der linken Achselhöhle. Das lockere Jeanshemd, die Zipfel über der Hose, hatten es gut verborgen. Als ich die Kanone im Schulterhalfter fühlte, drückte ich die Mündung der .38er an seinen Kopf und befahl ihm, sich auf den Rücken zu drehen. Mit der linken Hand knöpfte ich etwas ungeschickt das Hemd auf, griff hinein und zog die .357er aus dem Holster. Ich steckte die schwere Waffe in meinen Hosenbund und knöpfte mit der linken Hand meine Jacke zu.

Während ich ihn filzte, hatte ich mich langsam und vorsichtig bewegt, ohne dabei auch nur eine Sekunde die Augen von Wrights Gesicht zu nehmen. Wenn ein Mann verrückt ist, und ich war überzeugt, daß Wright verrückt war, ist die Wahrscheinlichkeit einer unberechenbaren Handlung verdammt groß. Selbst mit beiden Pistolen in meinem Besitz und mit Wright auf dem Rücken und während seine blonde Lockenperücke von der Pfütze aus Wasser und Urin unter dem Pissoir feucht wurde, hatte ich immer noch Angst vor ihm. Vielleicht war es vernünftig, daß ich Angst vor ihm hatte. Er bemerkte meine Angst, und wahrscheinlich hatte er nicht weniger Angst, daß ich etwas Verrücktes und Unberechenbares tun würde, weil ich Angst hatte. Aber das hier war keine klassische Pattsituation. Ich hatte die .38er in der Hand, und mein Haß auf diesen Mann war so groß, daß ich nur so darauf brannte, den Abzug zu drücken.

Meine Wut war beherrscht, und ich überraschte mich selbst mit der Fähigkeit, ruhig und in ganz normalem Tonfall zu sprechen.

«Sie sagen kein einziges Wort, Mr. Wright. Wir werden irgendwohin fahren, wo wir ungestört reden können, aber bis wir dort sind, will ich keinen Ton von Ihnen hören. Haben Sie das verstanden?»

Er brachte ein Nicken zustande.

«Gut. Wenn Sie ‹Ja› gesagt hätten, statt zu nicken, dann hätten Sie nichts kapiert. Sie dürfen jetzt aufstehen. Und stecken Sie beide Hände in die Hosentaschen. Machen Sie keine schnellen Bewegungen. Ich hab mit dieser .38er ein paar Trockenübungen gemacht, und das Ding hat einen verdammt empfindlichen Abzug.»

Er stand langsam auf und schob die Hände in die Taschen.

«Okay», sagte ich. «Wenn wir gleich das Kino verlassen, muß ich an der Kasse noch meinen Parkschein abstempeln lassen. Sobald wir also durch den Vordereingang sind, stellen Sie sich mit dem Rücken zur Kasse und schauen auf die Straße. Falls Sie versuchen abzuhauen... schön. Ich werde Sie ohne mit der Wimper zu zucken erschießen. Aber wenn Sie am Leben bleiben wollen, werden Sie einfach stehenbleiben und warten, bis ich Sie von hinten anstoße. Dann gehen wir auf den Parkplatz hinter dem Kino, und Sie werden meinen Wagen fahren, wie ich es Ihnen sage. Verstanden?»

Er nickte eifrig, und die feuchten Locken wippten.

Überhaupt kein Problem. Es war dunkel, und nachdem wir um die Ecke waren und die Straßenbeleuchtung auf der Arthur Godfrey Road verlassen hatten, ließen wir auch die anderen Passanten hinter uns. Die .38er steckte in meiner Jackentasche, und den in das Handtuch eingewickelten Totschläger hielt ich in der Linken. Wright ging langsam ungefähr einen Meter vor mir her. Ich gab dem Parkwächter den Parkschein, und als wir das Auto erreichten, befahl ich Wright aufzuschließen. Er besaß tatsächlich einen Schlüssel, öffnete die Tür und stieg auf der Fahrerseite ein. Ich knallte die Tür zu und ging auf die andere Seite. Er griff herüber und entriegelte die Beifahrerseite, damit ich meinen Schlüssel nicht benutzen mußte. Diese völlig unerwartete Kooperationsbereitschaft steigerte nur noch mein Mißtrauen gegenüber diesem Mann.

Er war kein besonders guter Fahrer. Aber er war noch nicht mit meinem Auto gefahren und mußte gleichzeitig auf meine Anweisungen hören, hatte Angst, einen Fehler zu machen.

Mir waren die Weinsteins und ihre momentan leerstehende Eigentumswohnung im *Cresciente* eingefallen.

Das *Cresciente* war auf der Belle Isle, der ersten einer Kette aufgefüllter Inseln, über die der Venetian Causeway führt. Wie bei vielen der teuren Eigentumswohnungen in Miami Beach stand auch hier ein uniformierter Sicherheitsbeamter vor dem Vordereingang, und er überprüfte alle, die die Besucherparkplätze benutzten. Die Bewohner oder Eigentümer konnten jedoch ungehindert von hinten über eine Anliegerzufahrt kommen und zu ihren Stellflächen unter dem Gebäude fahren. Weil sie dann aus der Tiefgarage mit dem Fahrstuhl hochfuhren, konnte der Sicherheitsbeamte ihr Kommen und Gehen nicht kontrollieren. Wie alles andere in Miami Beach ist Sicherheit nur ein weiterer Komfort, für den die Leute bezahlen, ohne ihn wirklich zu bekommen.

Die Anliegerstraße hinter den Apartmenthäusern war kaum breit genug für zwei Autos, aber auf einem schmalen Rasenstück hinter dem Haus gab es genug Parkfläche, bevor wir das *Cresciente* erreichten, und ich befahl Wright, dort zu halten. Nachdem ich den Wagen abgeschlossen hatte, sagte ich Wright, er solle vor mir gehen. Wir betraten von der Gasse aus das Parkhaus, warteten auf den Fahrstuhl und fuhren zum zwölften Stock.

18

Auf jeder Etage des *Cresciente* befanden sich vier Wohnungen, daher mußte den Weinsteins entweder 12 A, B, C oder D gehören. Ich erinnerte mich, daß Larry gesagt hatte, die Wohnung läge auf der Bay-Seite, also war es entweder B oder C. Der Name auf der Tür von C, die ich zuerst überprüfte, lautete Ralston. Ich zog an Wrights Arm, und wir gingen weiter zu B. *I. Weinstein.*

«Machen Sie die Tür auf», sagte ich.

«Ich habe keinen Schlüssel...»

«Machen Sie die Tür auf.»

«Was ist, wenn ich sie nicht aufbekomme?»

«Zum letzten Mal. Machen Sie die Tür auf!»

Wright nahm seine Schlüssel heraus, öffnete ein schmales, silbernes Messer, das am Schlüsselbund befestigt war (neben einem Dutzend oder mehr weiteren Schlüsseln) und klappte einen glänzenden Stab aus, der so dünn war, daß er an ein verchromtes Stück Klavierdraht erinnerte. Er fummelte am Schloß, stocherte mit dem Stab darin herum und hatte die Tür innerhalb von anderthalb Minuten auf. Ich streckte eine Hand durch die Tür, schaltete das Licht an und forderte ihn mit einer Handbewegung auf, vor mir hineinzugehen. Ich schloß die Tür und legte die Sicherheitskette vor. Dann schob ich ihn vor mir in das Billard- oder Snookerzimmer und machte auf dem Weg durch die Wohnung überall das Licht an.

Einige Möbelstücke, wenn auch nicht alle, waren mit Laken überzogen, größtenteils bunte Laken in Pink- und Blautönen. Ein grünes, genau passendes Wachstuch lag auf dem Snookertisch. Ich befahl Wright, sich auf einen der hohen Rattanstühle vor der Wand zu setzen. Ich trat auf die andere Seite des Tisches, knipste die Neonröhre an und sah Wright einen langen Augenblick an, fragte mich, womit ich anfangen sollte.

Wie er da hockte, in diesen schlechtsitzenden Bermudas und mit schwarzen Stützsocken zu den Tennisschuhen, sah er überhaupt nicht gefährlich aus. Tatsächlich hatte er mir sogar weniger Ärger gemacht, als erwartet. Mit dem Snookertisch zwischen uns fühlte ich mich dennoch erheblich sicherer. Ich wußte, wie schlecht ich schießen konnte, also legte ich die .357er Magnum in Reichweite meiner linken Hand auf den Tisch. Falls er mich angriff und ich schießen mußte, glaubte ich, ihn wenigstens mit einem der zwölf Schüsse zu erwischen.

Die schweren grünen Samtvorhänge hinter mir waren zugezogen. Es war so still in dem Zimmer, daß ich kaum das leise Summen der Klimaanlage hörte. Das Ding war ziemlich hoch eingestellt, auf knapp siebenundzwanzig Grad, wie man's eben normalerweise macht, wenn man seine Wohnung für längere Zeit verläßt. Sobald die Temperatur über siebenundzwanzig stieg, schaltete der Thermostat automatisch den Kondensator ein, bis die Raumtemperatur wieder auf siebenundzwanzig Grad runter war. Ich hätte das Ding ja auf einundzwanzig Grad gestellt, wußte aber nicht, wo sich der Thermostat befand. Statt dessen zog ich die Jacke aus und legte sie auf den Tisch.

«Wo ich Sie jetzt hier habe, Mr. Wright», sagte ich, «weiß ich nicht genau, was ich mit Ihnen machen soll. Aber zuerst...»

«Sie werden mich umbringen», sagte er ruhig.

«Nein», erwiderte ich. «Ich werde Sie nicht umbringen, aber ich werde irgendwas anderes tun müssen, Ihnen alles erklären, damit Sie mich gottverdammt endlich in Ruhe lassen. Vor allen Dingen habe ich Jannaire nicht gebumst – Ihre Frau.»

«Ich glaube doch, daß Sie sie gebumst haben», sagte er, «aber das ist mir egal.»

«Wenn es Ihnen egal ist, wieso haben Sie dann versucht, mich umzubringen?»

«Ich habe nicht versucht, Sie umzubringen, Mr. Norton. Ich habe lediglich versucht, Ihnen Angst einzujagen. Wenn ich Sie wirklich hätte umbringen wollen, hätte ich Sie schon am ersten Tag kaltmachen können, als ich in die Stadt gekommen bin, und wäre dann mit der ersten Morgenmaschine der *United* zurück nach Jacksonville geflogen. Ich wußte, daß es ein Fehler war, und das habe ich auch Miss Jannaire gesagt, aber sie wollte ja nicht auf mich hören.»

«*Miss* Jannaire?»

«Ja, Sie haben richtig gehört. Ich muß Ihnen nichts erzählen. Ich weiß, daß Sie mich so oder so erschießen, aber solange ich rede und Sie zuhören, sitze ich noch hier. Und hier zu sitzen und zu reden bedeutet zu leben.»

«Moment mal, ja. Wieso haben Sie Ihre Frau gerade ‹Miss Jannaire› genannt?»

«Sie ist nicht meine Frau. Sie ist mein Arbeitgeber.»

«Fangen Sie ganz von vorne an. Ich habe ja schon die ganze Zeit eine abgekartete Sache vermutet, aber es sieht ja noch schlimmer aus, als ich dachte.»

«Ganz von vorne?»

«Ganz von vorne.»

«Also, zuerst bekomme ich diesen Anruf von meinem Kontaktmann hier unten in Miami.»

«Wer ist das?»

«Das kann ich Ihnen nicht sagen. So was macht man nicht. Aber den Rest kann ich Ihnen erzählen, wenn Sie wollen.»

«Ich will. Fahren Sie fort.»

«Also, mein Kontaktmann sagte, er hätte hier unten einen Job für mich, und er gab mir Miss Jannaires Telefonnummer. Ich sollte sie anrufen, wenn ich hier ankam. Und mein Kennwort.»

«Ein Kennwort? Wozu?»

«Miss Jannaire würde wissen, daß ich es war, und nicht ein Bursche, der ihr am Telefon irgendeinen Scheiß erzählt. Also habe ich sie vom Flughafen aus angerufen. Ich hatte meine Reisetasche dabei, und sie sagte, ich solle mit einem Taxi zu ihrer Wohnung kommen. Sie hat mich in ihrem Gästezimmer untergebracht.»

«Wann war das?»

«Vor zwei Wochen. Fast. Heute mitgerechnet genau vor zwölf Tagen.»

«Wieso haben Sie so lange gebraucht, bis Sie sich an mich gehängt haben?»

«Wir haben gefeilscht. Mir hat die Sache von Anfang an nicht gefallen. Dann ist auch noch mein Pieper kaputtgegangen, und ich mußte rauf nach Fort Lauderdale, wo es einen Burschen gab, der das Ding reparieren konnte. Es ist gut, wenn's funktioniert, aber wenn's nicht funktioniert, ist das Ding einen Scheißdreck wert. Ich habe siebenhundertfünfzig Bucks dafür hingeblättert, und zuerst dachte ich, ich wäre beschissen worden, bis ich rausgekriegt habe, wie man es benutzt. Mein Sohn und ich haben es kreuz und quer durch Jax ausprobiert, er ist mit einem Vorsprung in seinem Wagen losgefahren, und ich habe so lange versucht, ihn zu finden, bis ich endlich den Dreh raushatte.»

«Moment mal, Mr. Wright. Was hat dieser Pieper mit Jannaire zu tun? Sie kommen vom Thema ab.»

«Nicht mit dem Pieper. Wissen Sie, so bin ich Ihnen gefolgt.

Ich habe den Sender in Ihrem Tank versteckt, und mit meinem Empfänger konnte ich Sie dann problemlos ausfindig machen. Es braucht seine Zeit, und wenn man nicht genau weiß, wie das Ding funktioniert, können Sie gleich einpacken. Aber dank der Geduld meines Sohnes, der ungefähr sechs Wochen lang kreuz und quer durch Jax kurvte, während ich ihn verfolgt habe, weiß ich, wie man's bedient. Klar, für Francis war's irgendwie so was wie ein Spiel. Aber für mich war's schlicht und einfach gottverdammt harte Arbeit. Am Ende war jedenfalls klar, daß ich nicht übers Ohr gehauen worden war. Ich weiß jetzt, wie man das Ding bedient.»

«Okay. Das ist ja hochinteressant. Sie konnten mir also mit einem Pieper folgen. Das erklärt schon mal einen Teil des Rätsels. Woher hatten Sie den Zweitschlüssel für meinen Wagen?»

«Von diesem Typen oben in Lauderdale. Hat mich zehn Bucks gekostet. Wenn ich mehr Zeit gehabt und Miss Jannaire mir das Fabrikat Ihres Autos und alles gesagt hätte, bevor ich runtergekommen bin, hätte ich mir das Ding anfordern können und es für fünf Bucks gekriegt.»

«Wo anfordern?»

«Ach, da gibt's viele Möglichkeiten. In den Auto-Magazinen werden Schlüssel angeboten. Haben Sie noch nie die Kleinanzeigen in Auto-Magazinen gelesen? Für fünf Bucks können Sie einen Schlüssel für jedes gewünschte Fabrikat und Modell kriegen. Aber dieser Bursche oben in Lauderdale, der hat mir zehn abgeknöpft, und wegen Zeitmangel habe ich sie ihm auch gegeben.»

«Gut. Kommen wir wieder zu Jannaire. Sie hat Sie also engagiert, um mich umzulegen. Habe ich das richtig verstanden?»

«Nein. Das dachte ich zuerst ja auch, als mein Kontaktmann mich angerufen hatte. Er sagte, er hätte diesen Job für mich, und ein Job bedeutet in diesem Fall einen *Hit*, einen Auftragsmord, also dachte ich das zunächst auch. Ich glaube, ihr hat dasselbe vorgeschwebt, als sie mit meinem Kontaktmann gesprochen hat, aber später hat sie sich's dann anders überlegt.»

«Wer war der Kontaktmann?»

«Das kann ich Ihnen nicht sagen. Das ist gegen das Berufsethos.»

«Ja, vielleicht ist es das, aber ich frage mich trotzdem, woher sie wußte, wie man einen Profi-Killer engagiert, das ist alles. Sie ist Mode-Designerin, die sich nebenbei noch ein bißchen mit Immobilien beschäftigt, richtig?»

«Keine Ahnung. Es interessiert mich auch nicht, womit sich die Leute ihre Brötchen verdienen. Ich muß mir meinen Lebensunterhalt verdienen, und sie sich ihren. Ich biete eine Dienstleistung an, und wenn sie zahlen können, dann kriegen sie sie.»

«Wieviel bekommen Sie dafür, einen Mann umzulegen?»

«Zweitausend Dollar. Im voraus. Ich habe auch schon mehr gekriegt, aber für weniger arbeite ich nicht. Und ich mache es sauber. Ich komme, finde den Burschen und erledige ihn. So ungefähr. Anschließend bin ich sofort wieder zurück in Jax.»

«Warum wollte sie mich umbringen lassen?»

«Das hat sie mir nicht gesagt, und ich habe auch nicht danach gefragt. Außerdem wollte sie ja gar nicht, daß ich Sie umbringe. Sie wollte, daß ich Sie aus der Stadt verjage. Das war der Grund für die weiteren Verzögerungen. Es ist eine Sache, in eine Stadt zu kommen, einen Mann umzulegen – glatt und sauber –, und dann wieder zu verschwinden. Aber einem Mann eine solche Scheißangst einzujagen, daß er seinen Kram zusammenpackt und verschwindet, das ist einfach blöd. Mit der Zeit hätte ich's vielleicht geschafft. Das kann ich jetzt einfach nicht mehr sagen. Aber selbst wenn ich's geschafft hätte, wären Sie wahrscheinlich doch irgendwann wieder zurückgekommen. Außerdem war die Gefahr verdammt groß, daß Sie mich früher oder später entlarvten, wenn ich Ihnen gegenüber ihren Mann spielte. Deshalb konnte ich in der Wohnung auch nicht viel zu Ihnen sagen. Nach den paar Worten, die wir gewechselt haben, haben Sie sich doch schon gefragt, warum eine Frau wie sie einen Mann wie mich heiraten konnte, stimmt's nicht?»

«Ja. Das habe ich mich allerdings gefragt. Aber ich habe nicht weiter darüber nachgedacht, weil ich ja überrascht war, daß sie überhaupt einen Mann hatte.»

«Tja, ich bin's jedenfalls nicht, Mr. Norton. Kann sein, daß sie irgendwo einen Mann hat, aber ich bin nicht mit ihr verheiratet. Und ich bin froh, es nicht zu sein. Ich bin Witwer. Es gibt nur noch mich und meinen Sohn Francis und unseren kleinen Lebensmittelladen. Und genau das möchte ich auch weiterhin bleiben: Witwer. Es war nur wegen dem Geld, Mr. Norton. Ich hoffe, Sie wissen, daß ich nichts Persönliches gegen Sie habe. Um Ihnen die Wahrheit zu sagen, Sie haben mir mit dieser Frau leid getan, einer Frau, die ihre Achseln nicht rasiert und so.»

«Es beruhigt mich nicht besonders, Wright, wenn ich weiß, daß sie das alles nicht aus persönlichen Gründen tun.»

«Ich weiß. Ich wollte das nur mal gesagt haben. Ich weiß, daß Sie mich töten werden, aber es wird Ihnen nicht leichter fallen, wenn ich Ihnen leid tue.»

«Sie tun mir nicht leid, Wright. Ich bin noch nie einem berufsmäßigen Killer – oder einem *Hit*-Man, wie Sie wahrscheinlich sagen – begegnet, Mr. Wright, aber ich mag Sie als Mensch nicht.»

«Allerdings bin ich nicht immer ein Killer. Das ist das Problem. Mein Sohn und ich besitzen zusammen ein kleines Lebensmittelgeschäft in unserem Viertel, und die letzten paar Jahre haben uns die großen Supermarktketten mit ihren Sonderangeboten das Leben verdammt schwer gemacht. Aber letztes Jahr haben wir angesichts der steigenden Lebenshaltungskosten wieder schwarze Zahlen geschrieben. Denn seit etwa einem Jahr, und das könnte ich Ihnen beweisen, wenn Sie wollen, gibt es praktisch keine Preisunterschiede mehr. Da nur ich und Francis im Geschäft arbeiten, haben wir nicht diesen großen Unkostenapparat wie die, verstehen Sie – nicht bei der Inflation, deshalb ...»

«Ihr verdammter Lebensmittelladen interessiert mich nicht. Ich will wissen, wieso Jannaire Sie engagiert hat, und wieso sie sich's dann anders überlegt hat, und warum sie wollte, daß Sie mich aus der Stadt vertreiben.»

«Ich weiß es nicht. Ich habe vorher noch nie für eine Frau gearbeitet, deshalb war es bei ihr anders. Vielleicht hat sie kalte Füße bekommen. Wenn ich das Geld nicht gebraucht hätte, wäre ich sofort verschwunden, als sie ihre Meinung geändert hat. Aber dann haben wir angefangen zu feilschen, und ich war damit einverstanden, es zu machen, wobei sie mir bei jedem einzelnen Schritt mit ihren laienhaften Ratschlägen gekommen ist. Wissen Sie, ich habe den Preis einfach auf zweieinhalbtausend raufgesetzt. Wenn man einen Mann umbringt, war's das. Keine Gefahr. Aber wenn man Spielchen macht, faule Tricks und solche Sachen abzieht, dann bemerkt einen der Mann irgendwann, erfährt vielleicht, wer man ist, und dann ist er auf einmal hinter einem her, statt die Stadt zu verlassen. Oder aber er verläßt die Stadt, und dann engagiert er vielleicht einen anderen Killer, der einen irgendwann umlegt. Es ist einfach mehr wert, also habe ich auch mehr verlangt. Aber sie hat mich auf zwei-zwei gedrückt. Ich brauchte das Geld und wäre sogar bis auf meine pauschalen zweitausend runtergegangen, aber sie ist beim Feilschen lange nicht so gut, wie sie meint.»

«Ich habe nie darüber nachgedacht, Wright, aber ganz logisch betrachtet war der Job mehr wert als zweitausend. Weil ich mich nämlich an Sie gehängt *habe*, und weil ich Sie gekriegt *habe*.»

«Ich habe ihr gesagt, daß so was passieren könnte. Und jetzt werden Sie mich umlegen.»

«Nein», sagte ich. «Ich werde Sie nicht umlegen.»

Aber das stimmte nicht, und ich hatte die ganze Zeit gewußt, daß ich ihn umlegen würde, genau wie er die ganze Zeit gewußt hatte, daß ich ihn umlegen würde. Ganz sicher hatte ich nicht von Anfang an vor, ihn umzulegen, und ich bin mir nicht sicher, wann genau ich den Punkt überschritt, an dem mir klar war, daß ich ihn umbringen würde, daß ich ihn umbringen *mußte*, ganz einfach, weil ich mir nicht erlaubte, darüber nachzudenken. Doch alles, was er sagte, bestärkte mich nur. Seit einigen Minuten hatte ich das Unvermeidliche hinausgezögert.

Ich brauchte immer etwas mehr Zeit und wollte noch nicht darüber nachdenken.

«Wie viele Männer haben Sie umgebracht, Mr. Wright?»

«Siebenundzwanzig. Aber Sie sind der erste, bei dem ich versucht habe, ihm so eine Angst einzujagen, daß er aus einer Stadt verschwindet.»

«Wie viele hat Ihr Sohn umgelegt?»

«Keinen. Er weiß nicht, was ich mache, wenn ich verreise. Er glaubt, ich tätige irgendwelche Investitionen, die immer genau dann Geld abwerfen, wenn wir es für den Laden brauchen. Das Geschäft läuft auf seinen Namen, und er wird Sie nicht verfolgen, Mr. Norton, deshalb brauchen Sie sich darüber nicht den Kopf zu zerbrechen.»

«Ja, um Ihnen die Wahrheit zu sagen, ich habe mir darüber den Kopf zerbrochen.»

«Das weiß ich, aber wegen Francis müssen Sie sich wirklich keine Sorgen machen.»

Ich nahm eine Zigarette heraus und steckte sie etwas unbeholfen an, ohne die Pistole aus der Hand zu legen. «Möchten Sie eine Zigarette, Mr. Wright?»

«Werden Sie mich jetzt erschießen?»

«Natürlich nicht. Ich habe Sie nur gefragt, ob Sie eine Zigarette wollen.»

«Nein, ich rauche kaum. Manchmal eine gute Zigarre, aber aus Zigaretten mache ich mit nichts. Ich dachte nur...»

Seine Stimme klang normal, resigniert. Er hatte eine ziemlich gute Geschäftsbilanz vorzuweisen – siebenundzwanzig Morde, es sei denn, er log –, und er hatte sich seelisch auf das gleiche Ende vorbereitet. Seine Gelassenheit angesichts der Situation machte mich irgendwie fertig, und ich versuchte, meinen Kopf auszuschalten. Ich durfte nicht darüber nachdenken. Andernfalls würde ich es nicht tun können. Abgesehen von dieser Pigmentstörung auf seiner Stirn, deren Farbe sich von rosa nach fast weiß verändert hatte, gab es keinerlei Hinweis auf Angst in seinem Gesicht.

«Angenommen, Mr. Wright, nur mal angenommen, ich lasse Sie jetzt laufen? Was würden Sie dann tun?»

«Tja», sagte er, «das Geld von Miss Jannaire habe ich schon, wissen Sie, und ich hab's Francis geschickt. Wahrscheinlich hat er damit ein paar Rechnungen bezahlt. Aber selbst wenn ich's noch hätte, müßte ich meinen Auftrag doch ausführen. Dazu verpflichtet mich meine Berufsehre. Wenn man einen Auftrag erst mal angenommen hat, kann man sich's hinterher nicht mehr anders überlegen, weil sich das rumsprechen würde. Und wenn sich erst mal rumspricht, daß man einen Kunden sitzengelassen hat, denkt doch jeder, man hätte die Nerven verloren, und dann fangen sie natürlich auch an, sich über ältere Aufträge Gedanken zu machen. Wenn man erst mal die Nerven verliert, könnte es ja auch sein, daß man bereit ist, über sie zu reden.»

«Wen meinen Sie mit diesem ‹sie›? Ich glaube nicht, daß Wright Ihr richtiger Name ist, aber ich glaube auch nicht, daß Sie irgendeiner Mafia-Truppe angehören.»

«Ich kann Ihnen nichts sagen, was diese ‹sie› betrifft, Mr. Norton. Aber für die Mafia arbeite ich nicht, da haben Sie recht. Ich weiß nicht, ob ich meinen Plan weiterverfolgen würde, aber ich muß immer noch dafür sorgen, daß Sie Miami verlassen. So lautete der Auftrag, den ich angenommen habe, verstehen Sie.»

«Welchen miesen kleinen Trick hatten Sie denn als nächstes auf Lager?»

«Eine ordentliche Tracht Prügel. Ich hätte Sie zusammenschlagen lassen. Nicht wirklich gefährlich, aber doch genug, um Ihnen eine Scheiß-Angst einzujagen. Keine zerbrochenen Knochen, kein entstelltes Gesicht, aber eine ordentliche Tracht Prügel mit Motorradketten. Davon hätte ich Miss Jannaire nichts erzählt, weil ich nämlich mehr von diesen Dingen verstehe als sie. Und ich glaube schon, daß eine Tracht Prügel, mit ein paar üblen blauen Flecken und allem, Ihnen den Rest gegeben hätte.»

«Ja, wahrscheinlich. Aber wenn ich Sie jetzt laufenlasse, würden Sie dann nicht aus Miami verschwinden und nach Jacksonville zurückkehren?»

«Nein, das würde nichts bringen. Mein Kontaktmann hier unten würde einen anderen Mann finden, und er würde für Miss Jannaires Geld eine Leistung bringen müssen. Selbst wenn ich es ihm zurückgäbe, damit er den Job von einem anderen erledigen läßt, würde *Ihnen* das überhaupt nichts nutzen – und mir auch nicht.»

«Angenommen, ich zahle Ihnen auch ein Honorar – sagen wir mal, dreitausend –, um Jannaire umzulegen. Könnten Sie das machen?»

«Nein. Das würde gegen meine Berufsehre verstoßen.»

Ich drückte die Zigarette in einem der großen, mit Sand gefüllten Standaschenbecher aus.

Wright erstarrte deutlich sichtbar, aber das war die einzige Bewegung, die er machte. Ich erschoß ihn. Er fiel nach vorn aus dem Stuhl und krümmte sich ein wenig, als er lautlos auf dem weißen Florteppich starb.

19

Für das, was ich jetzt tun mußte, brauchte ich länger als nötig, weil ich mir urplötzlich meiner ungeheuerlichen Tat bewußt wurde. Lange Augenblicke stand ich wie gelähmt und gedankenverloren da, oder besser gesagt, ich dachte eigentlich an gar nichts, sondern befand mich in einem benommenen Zustand.

Mr. Wright, als Fatalist an schnellen und plötzlichen Tod gewöhnt, war mit Würde und Anstand gestorben. Eine Art Ritus, den er schon lange gedanklich vorweggenommen hatte. Oder, um das alte Klischee zu paraphrasieren: «Mit Anstand zu sterben ist die beste Rache.»

Wenn früher oder später meine eigene Stunde kommen würde, hatte ich das Vorbild von Wrights Tod als Maßstab eines wirklichen Mannes.

Dieser Mord an Wright, so notwendig er gewesen war – und ich würde mich immer daran erinnern, daß es notwendig und keine überflüssige Handlung gewesen *war* –, hatte mich verändert. Einen Mann zu töten, unvermeidlich oder nicht, im Affekt oder kaltblütig geplant, markiert den Wendepunkt im Leben des amerikanischen Mannes. Dadurch wurde ich schließlich Mitglied dieses beschissenen, miesen Clubs, eines Clubs, dem ich nicht hatte beitreten wollen und um dessen Mitgliedschaft ich mich nicht beworben hatte, dem ich aber dennoch beigetreten war, so wie man auch eine unangeforderte Kreditkarte annimmt, die einem per Post ins Haus flattert, um sie in die Brieftasche zu stecken.

Der Knall der .38er war laut gewesen, aber es kümmerte mich nicht im geringsten, ob die Nachbarn den Schuß gehört hatten oder nicht. In einer 150000 Dollar-Wohnung sind die Wände dick genug, um den Lärm einer .38er zu dämpfen.

Die Klimaanlage sprang an. Ich spürte einen plötzlichen kalten Luftzug auf dem Nacken, als ich dort stand und wartete, ob Mr. Wright sich noch mal bewegen würde. Seinen Oberkörper konnte ich nicht sehen, dafür aber die weißen Beine mit den leicht violetten, geschlängelten Krampfadern, die aus dem Saum seiner schwarzen Stützstrümpfe herauskrochen.

Ich legte die Pistole fort, starrte Wrights bleiche, beinahe femininen Beine an und zwang sie durch Willensanstrengung, sich nicht zu bewegen. Durch reine Willenskraft hatte ich einmal abgedrückt, weil es getan werden mußte, aber ich glaubte nicht, daß ich noch einmal auf ihn schießen oder ihm als Gnadenschuß eine Kugel in den Hinterkopf geben könnte. Wie ich dort stand – bewegungslos, abwartend und starrend –, fühlte ich mich Larry und Eddie sehr nahe. Als er noch Cop gewesen war, hatte Larry einen Dieb erschossen. Eine völlig legitime Tötung, für die er von jeder Schuld freigesprochen wurde. Eddie hatte als Jagdflieger in Vietnam bei Unterstützungs- und Bombardierungseinsätzen zahllose kleine, schlitzäugige Männer getötet.

In beiden Fällen war das Töten gerechtfertigt gewesen, genau wie ich so mühelos vor mir den Mord an Mr. Wright gerechtfertigt hatte. Der Gedanke beunruhigte mich, und es war schwer, ihn abzuschütteln. Ein Mord kann immer gerechtfertigt oder rationalisiert werden.

Vielleicht hätte ich eine Alternative gefunden, eine andere Möglichkeit, aber mir war schlicht und einfach nichts anderes eingefallen. Also zog ich einen Schlußstrich unter diese Grübeleien. Außerdem nahm ich mir vor, auch später nicht darüber nachzudenken – oder es wenigstens zu versuchen.

Es war getan, und es hatte keinen Sinn, länger darüber zu brüten, um vielleicht in fünf Jahren auf eine Alternative zu stoßen, ganz einfach, weil ich hatte tun müssen, was ich zu diesem Zeitpunkt getan hatte.

Ich durchsuchte Mr. Wrights Brieftasche. Eine Gulf-Kreditkarte, ausgestellt auf L. C. Smith, ein Führerschein des Staates Florida, ebenfalls auf den Namen L. C. Smith, sowie siebenundfünfzig Dollar in bar. Keine Kreditkarte einer Mietwagenfirma, also vermutete ich, daß er mit seinem eigenen Wagen aus Jacksonville nach Miami gekommen war. Falls es irgendwas gibt, das schwieriger ist, als ein Auto ohne Kreditkarte zu mieten, dann weiß ich nicht, was das sein sollte. Aber siebenundfünfzig Dollar ist verdammt wenig Geld.

Ich steckte die Summe in meine Brieftasche und durchsuchte Wrights übrige Taschen. Ich fand ein Heft mit Barclay's-Reiseschecks, alles Zwanziger für insgesamt 240 Dollar. Sie waren blanko, weder oben noch unten unterschrieben. Ich hatte keine Ahnung, wie man Travellerschecks von einer Bank bekommen konnte, ohne sie sofort unterschreiben zu müssen, es sei denn, sie waren gestohlen, und ich wußte nicht, was ich mit den Dingern anfangen sollte. Aber kein Mensch fragt nach einem Ausweis, wenn ein Reisescheck eingelöst wird, und diese Blanko-Schecks konnten überall auf der Welt benutzt werden. Ich beschloß, sie zu behalten. Wenn ich sie einlöste, immer nur einen und über einen längeren Zeitraum, würde man sie unmöglich zu mir zurückverfolgen können.

Wrights Schlüsselring mit dieser seltsamen Sammlung steckte ich ebenfalls ein. Einer dieser Schlüssel paßte zur Tür von Jannaires Doppelhaus, und mit dieser Frau hatte ich noch einiges zu klären. Dann waren da mehrere Streichholzheftchen von *Wuv's*, ein Stück Kupferdraht, eine Kinokarte und ein Parkzettel vom *Double X Theater*, außerdem ein Priem *Brown Mule*-Kautabak, an dem ein kleines Stück fehlte.

Davon abgesehen war Wright sauber. Seine übrige Ausrüstung, einschließlich der Werkzeuge, die er für seine miesen Tricks benutzt hatte, lag wahrscheinlich eingeschlossen in seinem Wagen. Sein Auto stand zweifellos auf dem *Double X*-Parkplatz, aber da konnte es auch bleiben. Wäre typisch für den Kerl, in seinem eigenen Auto eine Bombe zu installieren.

Ich zog das grüne Wachstuch vom Snookertisch, wickelte Mr. Wrights Leiche ein und trug ihn ins Schlafzimmer der Weinsteins. Ich wuchtete die Leiche aufs Bett und knipste die Nachttischlampe an. In zwei Monaten, sechs Wochen oder vielleicht auch weniger würden die Weinsteins zurückkommen. Aber innerhalb von drei oder vier Tagen würde die Leiche zu stinken anfangen, selbst wenn ich die Klimaanlage auf zehn Grad runterstellte. Genaugenommen roch er jetzt schon ziemlich übel. Die dicke Matratze würde verhindern, daß der Geruch durch den Boden sickerte, aber ich brauchte noch etwas, das ich auf ihn legen konnte. Ich machte einen Rundgang durch die Wohnung, sammelte sämtliche Schonbezüge von den Möbeln ein und breitete sie, ein Laken nach dem anderen, über seine Leiche aus. Im Wäscheschrank fand ich Decken und legte eine nach der anderen über ihn, bis es mehr als – die Laken mitgerechnet – zwei Dutzend Lagen waren. So gut ich konnte, stopfte ich die Kanten um das Bett ein.

Inzwischen schwitzte ich kräftig und setzte mich auf den hohen Stuhl neben dem Billardtisch, um eine beruhigende Zigarette zu rauchen.

Dann nahm ich mein Taschentuch, wischte alles ab, was ich unter Umständen berührt hatte, und drehte den Thermostaten der Klimaanlage, den ich im Eßzimmer fand, auf zehn Grad runter. Ich holte die beiden Pistolen, schaltete das Licht aus und verließ die Wohnung. Nachdem ich von außen den Türknauf abgewischt hatte, ging ich über die Treppe in den zehnten Stock hinunter und drückte dort auf den Knopf des Fahrstuhls.

Glücklicherweise war niemand in der Tiefgarage, und ich ging über die schmale Gasse zu meinem Riviera.

20

Es war zehn nach eins, als ich Coral Gables erreichte und zwei Blocks von Jannaires Doppelhaus auf der Santander parkte. Ich war müde, hatte Watte im Kopf und benötigte zehn Minuten für den Entschluß, die beiden Pistolen ins Handschuhfach einzuschließen. Coral Gables gehört mit Hobe Sound und Palm Beach zu den am besten überwachten Städten Floridas, und ich wollte nicht riskieren, auf dem Weg zu Jannaires Haus womöglich im Besitz einer Waffe geschnappt zu werden.

Hinter dem Fenster des Wohnzimmers im ersten Stock brannte Licht, was aber nicht bedeuten mußte, daß sie noch auf war. Es konnte auch zur Abschreckung von Einbrechern dienen, aber ich wollte sowieso nicht klingeln. Beim dritten Versuch hatte ich den passenden Schlüssel an Wrights Schlüsselring gefunden, schloß die Tür auf und ging die Treppe hoch. Im Wohnzimmer war niemand.

Die Tür des Gästezimmers war nur angelehnt. Ich knipste das Licht an. Das Bett war gemacht, und ein gepackter, aber offener Koffer lag darauf. Wrights Anzugjacke hing über einer Stuhllehne. Das Bett war nur flüchtig gemacht, und ich vermutete, daß Wright es gewesen war, nicht Jannaire. Ich ging den Flur zu Jannaires Schlafzimmer hinunter. Ich schaltete das Licht an, und sie wurde nicht wach. Es gab keine Deckenlampe, dafür gingen die beiden Nachttischlampen und neben einem schwarzen Ledersessel eine Stehlampe mit Bambusschirm an.

Jannaire schlief auf dem Rücken, schnarchte leise, beinahe anmutig. Ihre braunen Hände waren dicht neben ihrem Kopf zu

Fäusten geballt, und die Muskeln ihrer gebräunten Unterarme waren angespannt. Sie trug ein hellblaues Nachthemd und steckte bis zur Taille unter einem Laken und einer hellblauen Decke. Die Klimaanlage der Wohnung stand auf etwa einundzwanzig Grad, wenn nicht sogar niedriger, und ich fühlte mich in meiner Jacke wohl.

Ich setzte mich in den Ledersessel und steckte mir eine Zigarette an. Es roch unangenehm in diesem Zimmer, und ich brauchte den Geruch von Zigarettenrauch. Neben Jannaires einzigartiger Ausdünstung war die Luft verbraucht und abgestanden, und da war noch ein dominierender, schwer zu definierender anderer Geruch nach Babypuder, kalter Sahne, feuchtem Leder, und dann noch der vage Duft von Schlaf. Dieses Phänomen war mir auch früher schon aufgefallen; wenn eine Frau schläft, riecht sie irgendwie anders. Als ich es zum ersten Mal bemerkt hatte, fragte ich mich, ob das Unterbewußtsein wohl die Abwehrmechanismen des schlafenden Körpers überwindet. Im Schlaf sah Jannaire älter aus, und ich fragte mich, wie ich sie je hatte attraktiv finden können. In ihrem Nachthemd, mit den apfelfesten, teils unbedeckten Brüsten und ihrer deutlich sichtbaren tintenschwarzen Achselbehaarung war sie ungefähr so sexy wie eine zerquetschte Kröte. Auch mußte ich sie nicht erst küssen, um zu wissen, wie übel ihr Mundgeruch war.

«He», sagte ich leise aus dem Sessel, «aufwachen, Jannaire. Ein Mann ist in deinem Schlafzimmer.»

«Was?» sagte sie und bewegte sich, ohne jedoch die Augen zu öffnen.

«Ein Mann ist in deinem Schlafzimmer, Jannaire, und er will mit dir sprechen.»

Sie schlug die Augen auf und blinzelte mich an. Während sie mich anstarrte, rieb sie sich mit den Händen die nackten Arme.

«Dein Mann, Mr. Wright», sagte ich, «schickt mich, um seinen Koffer abzuholen. Sein Sohn ist krank geworden, und er mußte nach Hause zurück, daher hat er mich gebeten, ihm seinen Koffer per Luftfracht nachzuschicken. Ist Francis übrigens dein Sohn oder der Sohn deines Mannes aus einer anderen Ehe?»

«Was?» Sie richtete sich im Bett auf und schüttelte den Kopf. «Was willst du, Hank? Ich weiß nicht, was du da redest. Ich habe eine Schlaftablette genommen, und das hat mich richtig aus den Socken gehauen. Was machst du hier?»

«Es ist dumm, Schlaftabletten zu nehmen, besonders in deinem Alter, Jannaire. Das ist ein verdammt beschissener Ersatz für echten Schlaf, und am Ende ruinieren dir die Dinger nur deine Gesundheit. Eine Tasse warmer Kakao...»

«Ich muß aufs Klo. Setz Kaffee auf, Hank. Solange ich nicht richtig wach bin, weiß ich wirklich nicht, was du da eigentlich redest.» Sie schwang die Beine aus dem Bett, stand auf, ging züchtig – die Knie zusammen – ins Bad und schloß hinter sich die Tür.

In der Küche setzte ich Wasser für Instant-Kaffee auf und bemerkte, wie ausgehungert ich war. Als Jannaire ein paar Minuten später zu mir in die Küche kam, hatte ich zwei Scheiben Toast geröstet und verquirlte gerade vier Eier. Sie trug jetzt einen abgesteppten Bademantel, hatte sich die Haare gekämmt und rosa Lippenstift aufgelegt. Ihre vollen Lippen waren mißmutig geschürzt, als sie zwei Tassen aus dem Schrank nahm und Instant-Kaffee mit kochendem Wasser aufbrühte.

«Willst du Eier? Toast?» fragte ich.

«Nein. Ich will nur, daß du aus meinem Haus verschwindest», sagte sie. «Wenn mein Mann zufällig reinkommt ...»

«Hör mit der Affenscheiße auf, Jannaire. Anscheinend hast du nicht richtig zugehört, als ich dich geweckt habe.»

«Wie bist du überhaupt reingekommen?»

«Das habe ich doch gesagt. Ich bin wegen Mr. Wrights Koffer hier.»

Ich zeigte ihr Wrights Schlüsselring. Das Rührei und den Toast brachte ich ins Eßzimmer, und sie folgte mit den beiden Tassen Kaffee. Ich mußte noch mal in die Küche, um mir eine Gabel zu suchen, und als ich ins Eßzimmer zurückkam, hatte sie sich mir gegenüber an ein Ende des langen Glastisches gesetzt und starrte mich mit einer Mischung aus Angst, Haß und Abscheu an. Während ich aß, unterhielt ich mich mit ihr, doch ihre Miene änderte sich nicht.

«Mr. Wright und ich hatten ein langes Gespräch, Jannaire, also kannst du das Lügenmärchen deiner angeblichen Ehe vergessen. Er hat mir gesagt, daß du ihm Geld gegeben hast, um mich aus der Stadt zu vertreiben. Fein, ich bin schon unterwegs und nur auf einen Sprung vorbeigekommen, um mich von dir zu verabschieden. Wo er mich doch so nett darum gebeten hat, konnte ich es ihm ja wohl kaum abschlagen, oder? Aber bevor ich gehe, will ich noch ein paar Antworten von dir. Erstens, du hättest mich umbringen lassen können, aber dann hast du es dir anders überlegt. Warum?»

Sie zuckte mit den Achseln. «Ich wollte deinen Tod nicht auf dem Gewissen haben, obwohl mir das anfangs nicht viel ausgemacht hat. Und dann, nachdem ich dich ein bißchen besser kennengelernt habe und mir klar wurde, wieviel Miami dir bedeutet, sah ich es als eine Art Bestrafung, eine Verbannung, und das schien mir ein angemessener Ersatz zu sein. Abstrakt gesehen, Hank, schien es eine gute Idee zu sein, dich umbringen zu lassen, und ist es immer noch – theoretisch. Aber als es dann soweit war, habe ich es mir anders überlegt. Mir kam in den Sinn, daß ich vielleicht mit hineingezogen werden könnte, falls Mr. Wright zufälligerweise erwischt wurde, und dein Tod schien es mir nicht wert zu sein, dafür ins Gefängnis zu gehen...»

«Okay. Du hast also gekniffen. Aber warum bist du überhaupt auf die Idee gekommen, mich umzubringen oder umbringen zu lassen? Ich gebe ja zu, daß ich deinen stinkenden Körper begehrt habe, aber das ist doch noch lange kein Grund, einen Mann umzubringen!»

Jannaire stand auf, knipste die Lampe unter der Schwarzweißvergrößerung im Wohnzimmer an und kehrte zu ihrem Platz zurück. Sie zeigte auf das Bild.

«Das ist meine Schwester.»

«Ich weiß. Du hast es mir gesagt.»

«Aber ich habe dir nicht ihren Namen genannt. Ihr Name ist – war – Bernice Kaplan.»

«Und?»

«Du erinnerst dich nicht mal mehr an ihren Namen?»

«Sollte ich? Ich erinnere mich an kein Mädchen, das auch nur entfernt aussieht wie…»

«Bernice war zweiundzwanzig, als sie sich umgebracht hat, und du bist der Grund für ihren Tod.»

«Affenscheiße. Ich kenne keine Bernice Kaplan.»

«Sie war Stewardess, und du kanntest sie sehr wohl, du verdammter Dreckskerl!»

«Wie hat ihre Uniform ausgesehen?»

«Senfgelb mit roter Paspelierung. Und sie hat einen kleinen, gelben Hut mit einem roten Band getragen.»

«Ich erinnere mich an sie.»

«Dachte ich mir. Männer erinnern sich meistens an die Frauen, die sie angebumst haben. Ich weiß, daß Bernice psychische Probleme hatte. Das haben heute die meisten Mädchen, und sie mußte sich wirklich nicht umbringen, nur weil sie schwanger war. Wenn sie zu mir gekommen wäre, hätte ich ihr eine Abtreibung bezahlt. Aber sie hatte selbst genug Geld. Jedenfalls hätte sie sich nicht umgebracht, wenn sie nicht schwanger gewesen wäre, und weil du derjenige warst, der's gemacht hat, solltest du nicht ungeschoren davonkommen.»

Ich hätte eine Menge zu meiner Verteidigung sagen können, aber ich brachte keine einzige Silbe heraus. Ich wurde mit einem Dilemma konfrontiert, einer moralischen Entscheidung, und es gab keinen Weg darum herum – nicht eine Möglichkeit, meine Unschuld zu beweisen.

Ich hatte Bernice Kaplan auf einer Party kennengelernt. Sie hatte ihre Uniform getragen und mußte früh wieder weg, um ihre Maschine zu erwischen. Als sie sich ein Taxi rufen wollte, hatte ich angeboten, sie zum Flughafen zu fahren. Es war ein Vorwand, eine langweilige Party zu verlassen, und ich hatte mich mit Bernice unterhalten und fand sie süß. In ihren Uniformen sehen Stewardessen zehnmal besser aus als in Zivil. Die Fahrt zum Flughafen war ausgelassen und aufregend – eine richtig spannungsgeladene Fahrt.

Sobald ich auf dem Palmetto Expressway war, hatte sie ihren Hut abgesetzt, meinen Hosenstall aufgemacht und sich über mich gebeugt. Alles kam so völlig unerwartet, daß ich natürlich nur gelacht hatte, und dann begann ich mir Gedanken zu machen. Wenn ich sie rechtzeitig zum Flughafen bringen wollte, mußte ich mindestens neunzig fahren, schätzte ich, aber andererseits legte ich bei diesem Tempo die Strecke so schnell zurück, daß ich nicht sicher war, einen Orgasmus zu bekommen, bevor wir das Terminal erreichten. Auch lenkte mich der übrige Verkehr ab, und auf dem Palmetto muß man sich ganz schön aufs Fahren konzentrieren. Dort sind eine Menge Verrückter unterwegs, und dies schloß Bernice Kaplan und mich ein. Wie es sich dann jedoch ergab, fielen mein Orgasmus und unsere Ankunft auf dem Flughafen zusammen. In der gelben Ladezone vor Flugsteig Neun zog ich meinen Reißverschluß wieder hoch. Bernice hatte keine drei Minuten mehr, um zu ihrer Maschine zu kommen, also konnte ich ihr nur noch meine Karte mit einer hastig auf die Rückseite gekritzelten Zeile geben und sie bitten, mich anzurufen, sobald sie wieder in der Stadt war. Sie nahm die Karte und rauschte ab. Aber ich sah sie nie wieder, und sie hatte mich auch nie angerufen.

Der springende Punkt war, daß ich sie gar nicht geschwängert haben konnte. Allerdings konnte ich Jannaire unmöglich die Wahrheit über unsere kurze Begegnung sagen. Das wäre einfach zu grausam gewesen.

Außerdem würde Jannaire mir sowieso nicht glauben.

«Jannaire», sagte ich, «ich habe deine Schwester nicht geschwängert. Ich bin ihr nur ein einziges Mal begegnet, und das war auf einer Party mit einem Dutzend oder mehr Leuten. Ich habe sie zum Flughafen gefahren und vor dem Terminal abgesetzt. Es blieb gerade noch genug Zeit, sie hinzubringen. Wir haben unterwegs auch nirgendwo angehalten. Das ist die volle Wahrheit.»

Jannaire stand auf und wollte zu ihrer Handtasche, die auf der Couch lag. Es war ein riesiger Lederbeutel – eine Tasche mit einer Kordel zum Zuziehen. Ich sprang schnell auf und erreichte die Tasche vor ihr. Mir war der Gedanke gekommen, daß in dem Lederbeutel eine Pistole stecken könnte. Ich machte ihn auf, sah hinein und gab sie ihr dann.

Ihre Oberlippe kräuselte sich. «Hast du gedacht, ich hätte eine Waffe in der Tasche?»

«Natürlich nicht. Ich wollte sie dir nur holen, das ist alles.»

Sie setzte sich auf die Couch, wühlte in dem Beutel und kramte schließlich eine Visitenkarte heraus und gab sie mir. Es war meine Visitenkarte. Auf der Rückseite hatte ich geschrieben: «Du bist die Größte! – Hank.» Ich zuckte mit den Achseln und gab Jannaire die Karte zurück.

«Du hast zugegeben, Bernice gekannt zu haben, Hank», sagte Jannaire tonlos, «und so etwas würde ein Satyr wie du niemals einer jungen, zweiundzwanzigjährigen Frau schreiben, die er nur flüchtig kennengelernt hat und noch dazu auf einer kurzen Fahrt zum Flughafen.»

«Es war keine kurze Fahrt», sagte ich. «Es waren mindestens neunzig Meilen.»

«Ich habe diese Karte in ihrer Handtasche gefunden, als man mir ihre Sachen aus Atlanta geschickt hat. Sie hat keinen Abschiedsbrief hinterlassen, aber sie war im vierten – fast schon fünften – Monat schwanger. Du mußt es gewesen sein, Hank. Ich war mir nicht sicher, bis ich dich kennengelernt und mit eigenen Augen gesehen habe, wie du dich aufführst – wie ein sexhungriger Irrer –, und dann wußte ich verdammt gut, daß du es warst. Falls es vorher noch einen Zweifel gab, dann ist das jetzt ein für allemal durch die Tatsache geklärt, daß du zugegeben hast, Bernice gekannt zu haben.»

«Wenn du mich die ganze Zeit kennenlernen wolltest, wieso bist du dann mit meinem Freund Larry Dolman ausgegangen?»

«Dein Name stand als Referenz auf seinem Antrag. Und ihr hattet beide die gleiche Adresse. Ich glaubte, und behielt recht, daß ich dich kennenlernen würde, wenn ich Larry kennenlernte. Ich wollte es ganz natürlich und ungezwungen herbeiführen, um dich aufmerksam beobachten zu können, bevor ich handelte.»

«In Ordnung, das hat dann ja funktioniert. Ich bin auf dich reingefallen. Ganz sicher wäre ich nie auf die Idee gekommen, daß eine verheiratete Frau eine Partnervermittlung benutzt.»

«Ich bin nicht verheiratet.»

«Das weiß ich, ja. Mr. Wright hat es mir gesagt. Das beschäftigt mich auch. Ich bin schon eine ganze Weile in der Stadt, aber todsicher hätte ich keinen blassen Schimmer, wie man einen Profi-Killer engagiert. Wie hast du das gemacht?»

Jannaire sah mich überrascht an, hob verdutzt die Augenbrauen. «Ich habe meinen Anwalt gefragt. Wie sonst?»

«Und der hat dir das gesagt? Einfach so?»

«Nein. Er hat gesagt, er würde mir jemanden vorbeischicken, und später – nach ungefähr zwei Wochen – hat er mir dann Mr. Wright geschickt. Warum auch nicht? Ich zahle ihm ein verdammt gutes Vorschußhonorar, und wenn er mir nicht die Dienstleistungen bieten kann, die ich brauche, kann ich jederzeit mit meinem Kram zu einem anderen Anwalt gehen. Weißt du eigentlich, wie viele Anwälte es in Miami gibt?»

Ich nickte. «Ja, merkwürdigerweise weiß ich es tatsächlich. Es gibt ungefähr zwanzigtausend Anwälte im Dade County.»

«Siehst du.»

«Siehst *du*. Ich bin unschuldig, und doch, nichts von dem, was ich gesagt habe, hat deine Meinung über mich geändert – oder?»

«Nein. Ich weiß, wir beide wissen, daß du der indirekte Anlaß für den Selbstmord meiner Schwester bist. Und ich denke, ich lasse dich ziemlich ungeschoren davonkommen, wenn ich dich aus Miami vertreibe, anstatt dich umbringen zu lassen. Außerdem ist es so auch viel besser. Wenn du nicht wüßtest, warum du ermordet wirst, wäre das nicht Strafe genug gewesen. So bist du gezwungen, jedesmal, wenn du an Miami denkst – wo immer du auch sein magst –, an dieses arme Mädchen zu denken und daran, was du ihr angetan hast!»

Jannaire begann zu weinen, und das machte sie wütend, weil es vor meinen Augen passierte. Sie versuchte es zu unterdrücken, doch es gelang ihr nicht, auch wenn sie immer wieder den Kopf zurückwarf und schüttelte und sich mit den Handrücken die Tränen von den Wangen wischte.

«Ich hole jetzt Mr. Wrights Koffer und gehe», sagte ich. «Ich habe versprochen, ihm das Ding nachzuschicken.»

Ich verschwand ins Gästezimmer, legte die Jacke in den Koffer und holte anschließend Wrights Toilettenartikel aus dem kleinen Gästebad. Ich stopfte das Zeug zu dem Rest und schloß den Koffer.

Bevor ich die Tür erreichte, stellte ich den Koffer im Wohnzimmer ab und drehte mich noch einmal zu Jannaire um. Sie hatte sich wieder unter Kontrolle und hielt jetzt ein zerknülltes Kleenex in der Hand.

«*Die Schwarze Natter*», sagte ich.

«Was?»

«*Die Schwarze Natter*. So heißt dieser Bogart-Film, in dem er sich das Gesicht operieren ließ und am Ende wie Bogart aussah.»

«Nein.» Sie schüttelte den Kopf. «So hieß er nicht.»

«Vielleicht nicht. Aber in dem Film hat Bogey seine Unschuld bewiesen und mußte nicht wieder ins Gefängnis.»

«*Du* hast gar nichts bewiesen. Wann reist du ab, Hank?»

«In ungefähr drei, vielleicht vier Tagen.»

«Ich werde es überprüfen.»

«Warum läßt du das nicht von deinem Anwalt erledigen?»

«Genau das habe ich vor.»

Ohne mich zu verabschieden, verließ ich die Wohnung.

Ich ging zum Auto zurück und verstaute den Koffer im Kofferraum. Auf dem Heimweg würde ich das Ding in einen Kleidersammelbehälter von *Goodwill* schmeißen. Und dann, nachdem ich etwa vier Stunden geschlafen hatte, würde ich Tom Davies in San Juan anrufen und ihm sagen, daß ich den Managerjob für den Mittleren Westen annahm. Er würde sich freuen. Ich würde für ein einwöchiges Training in die Firmenzentrale nach New Jersey müssen... und danach – Chicago, das kalte, eiskalte, triste Chicago.

Und dann dachte ich noch mal nach.

Ich hatte immer noch die Schlüssel zu Jannaires Wohnung. Ich besaß immer noch zwei Pistolen, eine .38er und eine .357er Magnum. Ich mußte nichts anderes tun, als in die Wohnung zurückzugehen, Jannaire genau zwischen die Augen zu schießen, zu meinem Wagen zurückzukehren und nach Hause zu fahren. Wer würde etwas erfahren? Wer würde mich verdächtigen? Niemand. Ich konnte die Sache problemlos erledigen und würde Tom nicht mehr anrufen müssen – und könnte bis an mein Lebensende in Miami bleiben. Ich würde es mit der ausgeliehenen .38er aus dem Waffengeschäft machen. Wenn ich die Kanone zurückgab, und wenn sie wieder in der Glasvitrine lag, sagte ich einfach dem Verkäufer, ich wollte diese .38er behalten und gegen die umtauschen, die ich eigentlich gekauft hatte. Wenn ich sie erst einmal bezahlt hatte, konnte ich sie wegwerfen. Es war absolut unwahrscheinlich, daß ich jemals erwischt wurde. Leise vor mich hin summend ließ ich die .38er in meine Jackentasche gleiten und stieg aus...

Ha ha ha ha ha... ha ha ha.

Serientäter

Robert Brack
Die siebte Hölle
(thriller 2941)
Oldtimer bringen's besser als Bücher, meint der bankrotte Buchhändler Jercy Pacula, und überführt zwei Limousinen nach Lissabon...
Schwere Kaliber
(thriller 2967)
Psychofieber
(thriller 3058)

Frank Göhre
Schnelles Geld
(thriller 3048)
Der erste, seit Jahren vergriffene Kriminalroman von Frank Göhre, der mit mehreren Literaturpreisen ausgezeichnet wurde und als Kinofilm Beachtung fand. Neu bearbeitet und wesentlich erweitert.
Der Tod des Samurai
(thriller 2832)
Ein Thriller über organisiertes Verbrechen in Hamburg.
Der Tanz des Skorpions
(thriller 3025)
Letzte Station vor Einbruch der Dunkelheit
(thriller 2795)
Der Schrei des Schmetterlings
(thriller 2759)

Daniel Pennac
Wenn nette alte Damen schießen...
In Belleville, dem Kreuzberg von Paris, schneidet ein erbarmungsloser Killer armseligen Rentnern die Kehlen durch. Angst macht sich breit, gefolgt von einer kräftigen Paranoia. Ausgezeichnet mit dem «Prix Mystère de la critique».
(thriller 2921)
Königin Zabos Sündenbock
(thriller 3003)

rororo thriller

30 Jahre thriller Jubiläums-Lesebuch
(thriller 3030)
Dieser Jubiläumsband präsentiert einen opulenten Querschnitt durch die Geschichte der rororo thriller- Reihe und bietet literarischen Nervenkitzel pur. Die Palette internationaler Autoren gleicht einem Who is Who der Kriminalliteratur.

Pacio Ignacio Taibo II
Der melancholische Detektiv *Drei Fälle für Héctor Belascoarán Shayne*
(thriller 3039)
Der Boxer Angel, Freund von Detektiv Héctor Belascoarán, wird beim Training im Ring von einem Unbekannten erschossen. Mögliches Motiv: eine alte Rivalität um eine Frau... Taibo liefert nicht nur ungewöhnliche Stories, sondern ein dichtes Bild von Mexiko, seiner Atmosphäre, seinen Problemen und seiner Faszination.
Das bizarre Leben
(thriller 2940)
Comeback für einen Toten
(thriller 3019)

Serientäter

Larry Beinhart
Priester waschen weißer
(thriller 3043)
Tony Cassella schlüpft in die Rolle eines irischen Priesters um den Tod von Wendy Tavetian und einem Japaner aufzuklären.
Zahltag für Cassella
(thriller 2932)
Bei Privat Eye Tony Cassella steht eine Steuerprüfung an. Genau in dem Augenblick, als er genügend Beweismaterial gegen den Justizminister persönlich zusammen hat...

K. C. Constantine
Ein unbeschriebenes Blatt
Ein Fall für Mario Balzic
(thriller 2776)
«Constantine ist ein wunderbarer Autor. Lang lebe Polizeichef Balzic!»
New York Times
Blues für Mario Balzic
(thriller 3002)
Schwere Zeiten für Mario Balzic: ein Mord geschieht, seine Mutter wurde mit einem Schlaganfall ins Krankenhaus eingeliefert und seine Frau hat wenig Verständnis für sein Pflichtbewußtsein.

William Krasner
Opfer einer Razzia
(thriller 3001)
Organisiertes Verbrechen + illegales Glücksspiel = Unmoral & Prostitution - Charley Hagen, Partner von Detective Captain Sam Brige, zieht wieder einmal voreilige Schlüsse.
Die letzte Tat des Mr. Goodman
(thriller 2937)

Jean-Bernard Pouy
Sprengsatz aus der Vergangenheit
(thriller 3021)
Der Schlüssel zur Affäre
(thriller 2977)

rororo thriller

Schwarze Beute
Stories von berühmten Autoren und neuen Talenten finden sich in den thriller-Magazinen und immer wieder – Shock, Thrill and Fun.
thriller–Magazin 5
Herausgegeben von Norbert Klugmann und Peter Mathews
(thriller 2969)
thriller–Magazin 6
Herausgegeben von Janwillem van de Wetering
(thriller 3000)
thriller-Magazin 8
Herausgegeben von Maj Sjöwall
(thriller 3093)

Die Reihe *rororo thriller* wird herausgegeben von Bernd Jost. Ein Gesamtverzeichnis aller lieferbaren Titel finden Sie in der *Rowohlt Revue*. Jedes Vierteljahr neu. Kostenlos in Ihrer Buchhandlung.

Crime Ladies

«Es liegt in der Tradition des Kriminalromans, daß Frauen bessere Morde erfinden. Aber warum? Diese Frage kann einen wirklich um den Schlaf bringen!»
Milena Moser in «Annabelle»

Patricia Highsmith
Venedig kann sehr kalt sein
(thriller 2202)
Peggy liegt eines Morgens tot in der Badewanne. Niemand zweifelt, daß sie sich selbst die Schlagader aufgeschnitten hat. Nur für den Vater ist klar: der Ehemann muß schuldig sein...
«Unter den Großen der Kriminalliteratur ist Patricia Highsmith die edelste.»
Die Zeit

Nancy Livingston
Ihr Auftritt, Mr. Pringle!
(thriller 2904)
Pringle vermißt eine Leiche
(thriller 3035)
«Wer treffenden, sarkastischen, teils tief eingeschwärzten Humor und exzentrische Milieus schätzt, komm mit Privatdetektiv G.D.H. Pringle, einem pensionierten Steuerbeamten, der die Kunst liebt, ganz auf seine Kosten.»
Westdeutscher Rundfunk

Anne D. LeClaire
Die Ehre der Väter
(thriller 2902)
Herr, leite mich in Deiner Gerechtigkeit
(thriller 2783)
Peter Thorpe zieht an die Küste von Maine und hat zum erstenmal in seinem Leben den Eindruck ehrlichen, rechtschaffenden Menschen zu begegnen. Hier gibt es keine Lügner, Diebe, Mörder. Oder doch?

rororo thriller

Jen Green (Hg.)
Morgen bring ich ihn um! *Ladies in Crime I - Stories*
(thriller 2962)
Diese Anthologie von sechzehn Kriminalgeschichten von Amanda Cross über Sarah Paretsky bis Barbara Wilson zeigt in Stil und Humor die breite schriftstellerische Palette der Autorinnen.

Jutta Schwarz (Hg.)
Je eher, desto Tot *Ladies in Crime II - Stories*
(thriller 3027)

Irene Rodrian
Strandgrab
(thriller 3014)
Eine Anzeige verführt so manches Rentnerpaar, die Ersparnisse in ein traumhaftes Wohnprojekt im sonnigen Süden zu investieren. Sie können ja nicht ahnen, daß sie nicht nur ihr Geld verlieren, sondern auch ihr Leben aufs Spiel setzen...
Tod in St. Pauli *Kriminalroman*
(thriller 3052)
Schlaf, Bübchen, schlaf
(thriller 2935)